Günter Huth

Der *Schoppenfetzer* und das dunkle Geheimnis

Günter Huth wurde 1949 in Würzburg geboren und lebt seitdem in seiner Geburtsstadt. Er kann sich nicht vorstellen, in einer anderen Stadt zu leben. Von Beruf ist er Rechtspfleger (Fachjurist). Günter Huth ist verheiratet und hat drei Kinder. Seit 1975 schreibt er in erster Linie Kinder- und Jugendbücher sowie Sachbücher aus dem Hunde- und Jagdbereich. Außerdem hat er bisher Hunderte Kurzerzählungen veröffentlicht. In den letzten Jahren hat sich Günter Huth vermehrt dem Genre „Krimi" zugewandt und bereits einige Kriminalerzählungen veröffentlicht. 2003 kam ihm die Idee für einen Würzburger Regionalkrimi. „Der Schoppenfetzer" war geboren. 2013 erschien sein Thriller „Blutiger Spessart", mit dem er eine völlig neue Facette seines Schaffens als Kriminalautor zeigt. Der Autor ist Mitglied der Kriminalschriftstellervereinigung *Das Syndikat*.

Die Handlung und die handelnden Personen dieses Romans sind frei erfunden. Jede Ähnlichkeit mit toten oder lebenden Personen oder Persönlichkeiten des öffentlichen Lebens ist nicht beabsichtigt und rein zufällig.

Günter Huth

Der *Schoppenfetzer* und das dunkle Geheimnis

Der dreizehnte Fall des Würzburger Weingenießers Erich Rottmann

Buchverlag Peter Hellmund

1887

21. November 1887, kurz nach sechs Uhr morgens, auf einer Lichtung im Guttenberger Forst nahe Würzburg

Dort, wo sich um diese Zeit sonst die Rehe gütlich taten, standen nun zwei schwarze Pferdekutschen. Die Rösser hatten einen anstrengenden Lauf hinter sich. Ihren Nüstern entströmte die in der Kälte sichtbare Atemluft und von ihren Körpern stieg Dampf auf. Knirschend kauten die Pferde auf ihren Trensen und stampften nervös mit den Hufen. Ein Stück abseits standen zwei Gruppen von dunkel gekleideten Männern, die sich gedämpft unterhielten: Theodor von Güntersleben, Mitglied des Würzburger Magistrats, und sein Sekundant Friedrich von Golgatha sowie, in einiger Entfernung, Ansgar von Löwenstein als Unparteiischer und der Arzt Dr. Wilfried Schätzlein – Letzterer, falls nach dem anberaumten Duell ein Verletzter zu versorgen sein würde.

Drei Tage zuvor hatte Friedrich von Golgatha im Auftrag des Herrn von Güntersleben die Aufforderung zum Duell an Jöns Person Lindahl überbracht, den schwedischen Gartenarchitekten, der mit der Gestaltung der Würzburger Ringparkanlagen beauftragt war. Der Magistratsrat fühlte sich durch beleidigende Äußerungen, die Lindahl in der Öffentlichkeit getan hatte, in seiner Ehre herabgewürdigt. Bereits seit längerer Zeit schwelte ein heftiger Streit zwischen dem Rat der Stadt und dem Schweden. Der Magistrat sah die Kosten bei der Realisierung des Ringparkprojekts als vollkommen überzogen an. Von Güntersleben war daraufhin zum Leiter einer Kommission bestimmt worden, die Lindahl scharf auf die Finger schauen sollte, um die Ausgaben zu begrenzen. Der betrachtete diese Einschränkung als unter seiner Würde und wetterte in der Öffentlichkeit heftig gegen diese Kontrolle. Dabei hatte er auch deftige Worte gegen den Leiter der Kommission geäußert, die diesem zugetragen worden waren. Theodor von Güntersleben hatte darin eine willkommene Möglichkeit gesehen, sich dieses unbequemen Zeitgenossen auf elegante Weise zu entledigen: Als Beleidigter hatte der Kommissionsleiter nach ungeschriebenem Gesetz das Recht der Waffenwahl. Da er in einer schlagenden Studentenverbindung war, wählte er den Säbel. Sein ungeübter Gegner würde gegen ihn keine Chance haben. Lindahl wusste das auch. Trotzdem bat er seinen Freund Robert von Huttingen, ihm beim Duell zu sekundieren.

Die beiden Sekundanten verabredeten daraufhin die Einzelheiten des Waffengangs. Da die Obrigkeit derartige „Ehrenhändel" nicht gern sah, hatte man sich auf den abgelegenen Ort im Guttenberger Forst geeinigt.

„Wir sind schon deutlich über der Zeit", stellte Friedrich von Golgatha mit einem Blick auf seine Taschenuhr fest und warf einen Blick in Richtung des bewachsenen Waldwegs, auf dem Lindahl eigentlich kommen musste. Theodor von Güntersleben murmelte eine abfällige Bemerkung in seinen Bart.

„Er kommt!", rief da von Löwenstein. Jetzt hörten auch die anderen den dumpfen Hufschlag eines Pferdes. Keine Minute später bog eine einspännige Kutsche auf die Lichtung. Als der Kutscher das Pferd dicht bei den anderen Karossen zum Halten gebracht hatte, öffnete sich die Tür und ein Mann sprang heraus.

„Guten Morgen, meine Herren", grüßte von Huttingen mit gezogenem Zylinder. „Herr Lindahl lässt sich entschuldigen. Wegen einer Unpässlichkeit kann er leider nicht erscheinen.

Ich bedauere wirklich sehr ..." Dem Mann war anzusehen, wie peinlich ihm das Überbringen dieser Nachricht war.

Für einen Augenblick herrschte betretenes Schweigen auf der Waldwiese. Schließlich stieß von Güntersleben seinen Gehstock auf den Boden und erklärte mit eisiger Miene: „Herr von Huttingen, sagen Sie diesem Lindahl, dass er ein ehrloser Feigling ist. Sollte er sich noch einmal beleidigend äußern, werde ich ihn wie einen räudigen Hund aus der Stadt hinausprügeln lassen! Er kann davon ausgehen, dass ihm der Auftrag zur Gestaltung des Ringparks entzogen wird. Für Schäden, die der Stadt dadurch entstehen, werden wir ihn mit allen juristischen Mitteln zur Rechenschaft ziehen! Er wird noch den Tag verfluchen, an dem er den Namen Würzburg erstmals gehört hat. Falls er noch einen Funken Ehrgefühl in sich hat, wird er selbst die Konsequenzen ziehen!"

Mit diesen Worten marschierte der Magistratsrat mit schnellen Schritten zu seiner Kutsche. Sein Sekundant beeilte sich, ihm zu folgen. Einen Augenblick später galoppierten die Pferde über den Waldweg davon.

Im Innern der Kutsche vergingen ein paar Minuten, in denen von Güntersleben wortlos zum Fenster hinausstarrte. Dann sah er Friedrich von Golgatha durchdringend an. „Wir müssen das Problem Lindahl ein für alle Mal aus der Welt schaffen! Kümmern Sie sich darum! In ein paar Wochen steht die Nachwahl zum stellvertretenden Kämmerer an. Sie wissen, dass ich dem Magistrat einen Personalvorschlag machen muss."

*

Am späten Nachmittag desselben Tages traf sich ein gut gekleideter Herr mit einem etwas heruntergekommenen Individuum in einer verräucherten Kneipe im Mainviertel von

Würzburg. Um diese Zeit war hier noch nicht viel los. Die Männer setzten sich an einen runden Tisch in einer Ecke des Lokals. Der Wirt servierte zwei Bier. Dann steckten die beiden ungleichen Besucher die Köpfe zusammen und unterhielten sich leise und intensiv. Eine Viertelstunde später wechselte ein Umschlag den Besitzer und der vornehme Herr verließ grußlos die Kneipe. Beim Gehen legte er dem Wirt einen Geldschein auf den Tresen. Sein Bier, das er nicht angerührt hatte, trank sein Gesprächspartner.

22. November 1887

Ein lauter Schuss zerriss die nächtliche Stille. Der Schuss, der sich nahe der Alten Schweizerei, einem heruntergekommenen landwirtschaftlichen Gutshof in der Nähe des Übergangs von der Ottostraße zum Glacis, löste, trug wegen der heftigen Windböen sehr weit. Da der Wind jedoch aus nördlicher Richtung kam, wurde der Schall von den Häusern in der Ottostraße ferngehalten, so dass die dort im Tiefschlaf liegenden Bewohner nichts mitbekamen.

Die Temperatur pendelte um den Gefrierpunkt. Die Feuer in den Öfen waren bis auf eine geringe Glut heruntergebrannt, die Menschen drückten sich tief in die Federn ihrer Betten.

Kein Mensch hatte die einsame Gestalt im warmen Wintermantel gesehen, die nun regungslos auf dem Bauch neben dem Weg lag, der sich kilometerlang durch die Ringparkanlage schlängelte. Die Revolverkugel war in die rechte Schläfe eingedrungen, ohne jedoch den Schädel zu durchschlagen. Die im schwachen Mondlicht unwirklichen schwarzen Schlagschatten der nahestehenden Sträucher wirkten im Wind wie menschliche Gestalten.

Eine Stunde zuvor

Der einsame Mann im langen dunklen Mantel und mit hohem Zylinderhut bewegte sich in leichten Schlangenlinien von der Uferpromenade des Mains kommend über den Sandweg der Ringparkanlagen. Leicht nach vorne gebeugt, kämpfte er gegen die Windböen, die ihn von der Seite trafen. Der Wind allein war es aber nicht, der seinen Gang unsicher erscheinen ließ. Offenbar war er stark angetrunken. Sein eleganter

Spazierstock gab ihm etwas Halt. An einer der einige Jahre zuvor in den Parkanlagen installierten gusseisernen Gaslampen blieb er stehen und hielt sich an ihrem Pfahl fest. Das milchige Licht der brennenden Leuchtstrümpfe gewährte nur eine begrenzte Strecke weit Sicht.

Plötzlich beugte sich der Mann ruckartig nach vorne und übergab sich würgend in mehreren heftigen Schüben ins Gras. Als er keuchend durchatmen konnte, wischte er sich langsam mit dem Handrücken seines Lederhandschuhs die Reste aus dem gepflegten Bart. Er richtete sich wieder auf und taumelte einige Schritte weiter. In der Dunkelzone zwischen zwei Lichtkreisen blieb er erneut schwankend stehen und versuchte mit stierem Blick die nächtliche Parkanlage zu durchdringen. Vor seinem geistigen Auge entstanden die Konturen einer erst vor wenigen Jahren im Glacis der ehemaligen Festungswälle geschaffenen künstlichen Parklandschaft. Er, Jöns Person Lindahl, renommierter schwedischer Landschaftsarchitekt, war der Schöpfer dieses Werks. Seit 1880 hatte er im Auftrag des Magistrats der Stadt, unter der Federführung von Bürgermeister Georg von Zürn, die Umgestaltung des vorhandenen Grüngürtels der Stadt durchgeführt. Das Glacis diente einst dazu, den Verteidigern der Stadt vor den Wällen ein freies Schussfeld zu verschaffen. Angreifenden Gegnern sollte möglichst wenig Deckung geboten werden.

Langsam wankte der Mann weiter. Dabei brabbelte er einige Worte auf Schwedisch vor sich hin, gelegentlich wild mit dem Stock gegen einen unsichtbaren Gegner schlagend.

Sein Unglück hatte begonnen, als sein Förderer, Bürgermeister von Zürn, 1884 starb. Dieser hatte Lindahls Entwürfe für eine großzügige Parklandschaft immer unterstützt. Obwohl es in der Bevölkerung erhebliche Widerstände gegen das Projekt gab, nicht zuletzt weil für die Umsetzung auch das Fällen zahlreicher alter Bäume erforderlich war. Von Zürns Nachfolger, Bürgermeister Johann Georg Ritter von Steidle, war da erheblich kritischer eingestellt. Er sah in erster Linie die horrenden Kosten.

„Diese elenden Geldsäcke!“, stieß der Betrunkene heftig hervor und starrte mit wässrigen Augen in die Nacht. „Sie zerstören mein ganzes großartiges Werk ...!“

Unvermittelt begann er zu schluchzen und wurde von einem regelrechten Weinkrampf geschüttelt. Lindahl war mit den Nerven völlig am Ende. Die Enthemmung durch den Alkohol nahm ihm jede Selbstbeherrschung. Wegen der massiven Anfeindungen durch den Magistrat hatte er einen Nervenzusammenbruch erlitten. Vor einer Woche war er von einem Kuraufenthalt zurückgekehrt. Bei seiner Rückkehr musste er entsetzt feststellen, dass seine Gegner im Magistrat seine Abwesenheit dazu genutzt hatten, Teile seines großartigen Werkes zu zerstören beziehungsweise nach ihren Vorstellungen zu verändern. Seine Einwände waren nicht gehört worden. Im Gegenteil, man warf ihm Größenwahn und Geldverschwendung vor! Der Magistrat hatte ihm obendrein eine Kommission mit diesem Herrn von Güntersleben als Leiter vorgesetzt. Sie war dazu berechtigt, jede seiner Ausgaben zu überprüfen und ihre Notwendigkeit in Frage zu stellen – was von Güntersleben nach Lindahls Ansicht auch exzessiv und provokativ praktizierte. Für einen Künstler seiner Klasse ein erniedrigender und inakzeptabler Zustand. Da war ihm irgendwann der Kragen geplatzt und er hatte heftig gegen von Güntersleben gewettert. Einen Tag später überbrachte der Sekundant des Herrn von Güntersleben die Herausforderung zum Duell. Lindahl, der in seiner Studentenzeit ein wenig gefochten hatte, war sofort klar, dass er gegen von Güntersleben keine Chance haben würde. Trotzdem ließ er dem Herausforderer mitteilen, dass er zum Duell bereit sei. Je näher die Stunde des Kampfes aber rückte, desto verzweifelter war Lindahl geworden. In seiner Niedergeschlagenheit hatte er sich in der Nacht vor dem angesetzten Waffengang sinnlos betrunken. Als ihn sein Sekundant am frühen Morgen abholen wollte, fand er ihn in einem erbärmlichen Zustand vor. So konnte Lindahl unmöglich antreten. Von Huttingen hatte ihn nach der Absage des Duells aufgesucht und ihm pflichtgemäß die Worte seines Duellgegners ausgerichtet, dann war er gegangen. Er fühlte sich selbst durch die Feigheit Lindahls beschämt.

Lindahl trank den ganzen Tag weiter. Ihm war klar, dass sein Verhalten Konsequenzen haben würde. Von Güntersleben würde nun alle Hebel in Bewegung setzen, um seine Existenz zu vernichten. Am späten Nachmittag kleidete sich Lindahl an. Seinem Kammerdiener erklärte er, er würde ausgehen. Er solle nicht auf seine Heimkehr warten. Lindahl steckte einen schweren Gegenstand in seine Manteltasche und verließ unsicheren Ganges das Haus. Wenig später saß er in einer zwielichtigen Kneipe und trank ungehemmt weiter. Der Wirt zuckte mit den Schultern. Der Mann zahlte sofort nach jedem Getränk, alles andere ging ihn nichts an. Die übrigen Gäste musterten Lindahl mit neugierigen Blicken, ließen ihn aber in Ruhe. Irgendwann sank sein Kopf auf die Tischplatte und er schlief ein. Weit nach Mitternacht bugsierte ihn der Wirt dann doch hinaus. Stark betrunken torkelte er durch die Straßen, bis er schließlich auf den Weg stieß, den er selbst hatte anlegen lassen.

Wieder blieb er stehen und starrte in die Nacht. Mittlerweile war der halbe Mond aus dem Wolkenschatten hervorgetreten und erhellte die Gebäude der Alten Schweizerei. Lindahl wusste, dass die Stadt den Grund an das Königreich

Bayern verkauft hatte. Die Regierung wollte auf dem Grundstück einen pompösen Justizpalast und ein Gefängnis errichten.

Lindahl war psychisch und physisch am Ende. Ihm war klar, dass sein gesellschaftliches Ansehen und sein Ruf als Künstler zerstört waren. Niemand würde ihn mehr mit einem solch bedeutenden Projekt beauftragen. Für ihn gab es nur noch einen Weg, seine Ehre wiederherzustellen. Er griff in seine Manteltasche. Der schwere metallene Gegenstand, den seine Finger umschlossen, fühlte sich kalt und bedrohlich an. Er zog den Revolver heraus und betrachtete ihn im schwachen Mondlicht. War dies wirklich die einzige Lösung, die ihm noch blieb? Er war kein sehr mutiger Mann, und er hatte Angst. Todesangst. Schweiß trat ihm auf die Stirn. Die Hand mit der Waffe sank herunter. Er war so allein. Schwerfällig hob er den Kopf und blickte hinter sich. Seine vom Alkohol umnebelten Sinne hatten im Unterholz das Knacken brechenden Holzes registriert. Ein trockener Ast, den der Sturm von einem der Bäume gebrochen hatte? Er stieß ein lautes Stöhnen aus, das vom Wind davongetragen wurde. Lindahl musste hier und jetzt eine Entscheidung treffen. Ganz langsam nahm er die Waffe wieder hoch.

Der Fundort der Leiche wurde von Gendarmen abgesperrt. Sie sollten neugierige Bürger fernhalten. Die Polizeit war von einem Postreiter verständigt worden, dass in den Parkanlagen ein Toter läge.

Der Leiter der Ermittlungen, Gendarmerieleutnant Johannes Rieger, beugte sich über die leblose Gestalt, die mit dem Gesicht nach unten auf dem Sandweg lag. Der Zylinder des Mannes befand sich ein Stück vom Kopf entfernt. Die linke Gesichtshälfte hatte sich teilweise in den Sand des Weges gedrückt. Sein sichtbares Auge war halb geöffnet und starrte blicklos ins Leere. Der Einschuss an der rechten Schläfe war gut sichtbar. Ein dünnes schwärzliches Rinnsal lief vom Einschussloch über das Gesicht und verschwand im Vollbart des Mannes.

„Sieht nach Selbstmord aus", stellte Rieger fest, wobei er den Revolver in der rechten Hand des Mannes prüfend betrachtete. Ihn irritierte, dass der Tote Lederhandschuhe trug. Die Waffe war augenscheinlich eine fünfschüssige großkalibrige Vorderladerwaffe. Bei dieser Art Revolver musste der Hahn vor jedem Schuss mit dem Daumen der Schusshand gespannt werden. Mit Handschuh war das Spannen der Waffe unzweifelhaft schwieriger. Aber bei Selbstmördern war ja nicht unbedingt rationales Handeln vorauszusetzen.

Rieger erhob sich und gab dem Polizeifotografen einen Wink, der daraufhin den erst vor einigen Jahren bei der Gendarmerie eingeführten modernen fotografischen Apparat aufstellte – einen wuchtigen Kasten auf drei Beinen, mit dessen Hilfe man eine Aufnahme des Tatorts auf eine Glasplatte bannen konnte. Als der Fotograf fertig war, fasste Rieger einen

Arm der Leiche. „Helfen Sie mir!“, befahl er seinem Assistenten. Gemeinsam drehten sie den Toten auf den Rücken. Die Leichenstarre war bereits voll ausgeprägt. Die Finger des Mannes krampften sich fest um den Griff der Waffe. Der starre Arm wies gen Himmel.

„Sehen Sie hier“, erklärte Rieger und wies auf einen blutunterlaufenen, zirka handspannenlangen Streifen quer über der Stirn auf Höhe des Haaransatzes. „Sieht wie ein Schlag aus.“

„Oder er ist nach dem Schuss auf diesen Ast dort aufgeschlagen.“ Der Assistent deutete auf einen halb verdeckten Ast, der einige Zentimeter von der Stelle entfernt, an der der Kopf lag, im Sand zu erkennen war.

Beide beugten sich herab und untersuchten das Holz genauer. „Kein Blut zu sehen“, stellte Rieger fest. „Aber auf jeden Fall werden wir den Ast sicherstellen.“ Er gab dem Assistenten einen entsprechenden Wink, dann nickte er dem Fotografen auffordernd zu. Der legte eine neue Glasplatte ein und machte eine frontale Aufnahme des Toten.

Der Gendarmerieleutnant betrachtete das Gesicht der Leiche genauer. „Der Mann kommt mir bekannt vor“, murmelte er in seinen Bart. Er rückte seine runde Nickelbrille zurecht und beugte sich wieder über den Körper. „Er riecht stark nach Alkohol“, stellte er dabei fest. Dann durchsuchte er dessen Manteltaschen. Der Brusttasche entnahm er eine Lederbrieftasche, die mehrere Geldscheine und ein Ausweispapier enthielt.

„Wusste ich es doch“, stellte Rieger zufrieden fest. „Das wird in der Stadt einen ziemlichen Wirbel geben. Das hier ist Jöns Person Lindahl. Schon seit Wochen berichtet der Würzburger Telegraph fast in jeder Ausgabe vom Streit des Bürgermeisters und des Magistrats mit diesem Herrn.“ Rieger dachte einen Augenblick nach, dann befahl er: „Schicken Sie einen der Gendarmen zum Leichenbestatter. Der soll den Toten abholen und in die Gerichtsmedizin bringen. Wir müssen seinen Tod auf jeden Fall genau untersuchen lassen. Der Suizid muss hieb- und stichfest bewiesen sein."

Eine Minute später galoppierte einer der Uniformierten in Richtung Ottostraße davon.

Rieger und sein Assistent machten sich unterdessen an die genauere Untersuchung der näheren Umgebung. Rieger war klar, dass er seinen Vorgesetzten in Kürze Rede und Antwort stehen musste und jedes Versäumnis in diesem heiklen Fall Folgen für seine Karriere haben würde.

Eine Stunde später bog die Kutsche des Bestatters in die Ringparkanlagen ein. Zwei Männer stiegen vom Bock und stellten einen Sarg auf den Weg. Um den Deckel schließen zu können, mussten sie den totenstarren Arm mit der Revolverhand herunterbiegen. Die Schusswaffe übergaben sie Rieger. Wenig später war der Leichnam Lindahls auf dem Weg in die Gerichtsmedizin.

In derselben Nacht

Sich nervös die Spitzen seines Schnurrbartes zwirbelnd, saß Friedrich von Golgatha im Schein einer Petroleumlampe am Schreibtisch, vor sich ein leeres Blatt Papier. Der Federhalter in seiner Hand zitterte leicht, als er die Feder in das Tintenfass eintauchte. Einen Moment lang zögerte er, dann begann er zu schreiben. Nun, da er sich zu diesem Schritt entschieden hatte, floss ihm der Text zügig aufs Papier. Nach knapp drei Seiten legte er das Schreibzeug aus der Hand und trocknete die noch feuchte Tinte mit einer Löschwiege. Danach starrte er geraume Zeit auf die verfassten Zeilen. Sollte dieses

Schreiben zu seinen Lebzeiten an die Öffentlichkeit gelangen, würden Köpfe rollen. Nicht nur seiner. Allerdings musste er dafür sorgen, dass diese Zeilen, sollte ihm etwas zustoßen, gefunden wurden. Nur so war er vor einer bestimmten Person sicher. Ihm war klar, dass er dieses Dokument sicher aufbewahren musste. Er faltete die Blätter zusammen, schob sie in einen Umschlag und klebte das Kuvert zu. Mit großen Buchstaben schrieb er auf den Umschlag „IM FALLE MEINES TODES ZU ÖFFNEN“. Nach kurzem Überlegen zündete er eine Kerze an und ließ etwas Wachs auf den Verschluss des Kuverts tropfen. Bevor das Wachs erkaltete, drückte er seinen Siegelring darauf. Nun bestand an seiner Urheberschaft kein Zweifel mehr. Mit einem Griff öffnete er das fast unsichtbar eingepasste Geheimfach seines Schreibtisches und schloss den Umschlag ein. In seinem Testament würde er einen entsprechenden Hinweis hinterlassen. Jetzt, nachdem er sich seine Schuld von der Seele geschrieben hatte, fühlte er sich regelrecht befreit. Er räumte den Schreibtisch auf, löschte die Lampe, ging in sein Schlafzimmer und kleidete sich aus. Lange Zeit starrte er im Dunkeln an die Decke. Der Wind peitschte die nackten Äste der Linde vor dem Haus und der Schein der Gaslaterne davor projizierte bizarre Schattenspiele gegen den Stuck. Irgendwann fiel er in einen unruhigen Schlaf.

28. November 1887, kurz nach zehn Uhr

Gendarmerieleutnant Johannes Rieger stand militärisch stramm vor dem wuchtigen Schreibtisch des Grafen von Luxburg, Regierungspräsident von Unterfranken und Aschaffenburg. Dem Grafen unterstand das Gendarmeriekorps, dem Rieger angehörte. In einem Ledersessel neben ihm saß Dr. Johann Georg Ritter von Steidle, der Bürgermeister von Würzburg. Beide Herren rauchten Zigarren.

„Rieger, jetzt stehen Sie schon bequem", forderte ihn der Graf auf und winkte mit der Zigarre in Richtung eines zweiten Sessels, „und setzen Sie sich. Ich habe Sie hierherbefohlen, damit Sie uns Rapport zur Causa Lindahl erstatten. Sein Tod hat ja allenthalben für ärgerliche Gerüchte gesorgt. Wie man mir berichtete, wurde die Leiche vom Gerichtsmediziner gründlich untersucht. Können wir jetzt de facto davon ausgehen, dass es sich um einen Selbstmord handelt?"

Beide Herren sahen Rieger, der sich mittlerweile gesetzt hatte, gespannt an. Dieser räusperte sich.

„Meine Herren, die Beweislage ist leider nicht ganz eindeutig. Viele Anhaltspunkte sprechen für einen Selbstmord Lindahls. Seine Gemütslage muss in diesen Tagen extrem angespannt gewesen sein. Nach unseren Ermittlungen hatte der Magistratsrat von Güntersleben Lindahl einen Tag vor seinem Tod zu einem Duell herausgefordert. Lindahl war aber nicht erschienen. Aus gesundheitlichen Gründen, wie die offizielle Version lautete. Von Herrn von Huttingen, dem Sekundanten Lindahls, wissen wir, dass Lindahl einfach gekniffen hat. Wir haben dann, soweit möglich, seinen Tagesablauf bis zum Todeszeitpunkt ermittelt. Er hat offenbar den ganzen Tag über getrunken. Der Wirt der Kneipe, in der er zuletzt war, bestätigte, dass Lindahl sein Lokal schon angetrunken betreten hatte und es nach Mitternacht noch betrunkener wieder verließ. Offenbar ist er dann in die Ringparkanlagen gegangen und dort zu Tode gekommen. Aus seinem Umfeld wurde bestätigt, dass er in diesen Tagen nervlich angegriffen, um nicht zu sagen depressiv gewesen sei. Dabei hat der Ärger mit dem Magistrat und der Kontrollkommission eine wesentliche Rolle gespielt. Das entsprechende Vorspiel, der Kuraufenthalt et cetera ist den beiden Herren ja bekannt."

Bürgermeister von Steidle zog hörbar die Luft ein, sagte aber nichts.

„Sie sagten ‚zu Tode gekommen'", warf der Regierungspräsident ein. „Sie meinten natürlich ‚sich selbst getötet', nicht wahr?"

„Der Schuss in die Schläfe", fuhr Rieger fort, ohne sich beirren zu lassen, „erfolgte in der Tat aufgesetzt. Rund um das Einschussloch gibt es typische Verbrennungsmerkmale vom Schießpulver, wie dies für derartige Nahschüsse typisch ist. Auch der Schusswinkel spricht dafür, dass sich Lindahl die tödliche Verletzung selbst beigebracht hat."

„Na also", brummte der Regierungspräsident erleichtert.

Rieger hob die Hand. „Was den Gerichtsmediziner allerdings verwunderte, war die Tatsache, dass auf dem Handschuh, den der Tote bei der Schussabgabe getragen haben muss, keinerlei Pulverrückstände festzustellen waren. Bei einer Selbsttötung hätte dies aber zwingend der Fall sein müssen. Auch auf den Fingern der Schusshand gab es keine entsprechenden Schmauchspuren. Dies lässt nur den Schluss zu, dass Jöns Person Lindahl nicht selbst geschossen hat!"

Im Raum herrschte betroffene Stille. Der Regierungspräsident und der Bürgermeister reflektierten blitzschnell die Konsequenzen dieses überraschenden Ermittlungsergebnisses. Graf von Luxburg stieß schließlich ein unwilliges Schnauben aus.

„Lindahl hatte auch eine nicht offene Kopfverletzung am vorderen Haaransatz", fuhr Rieger fort, „die vom Sturz auf einen vor ihm liegenden Ast herrühren könnte, als er nach der Schussabgabe zusammenbrach. Auf dem in Frage kommenden Ast war aber kein Blut erkennbar. Es ist daher nicht auszuschließen, dass ihm jemand die Verletzung vor seinem Tod, als er noch aufrecht stand, zugefügt hat. Eine Gewalttat ist also nicht völlig auszuschließen." Hier beendete Rieger seine Ausführungen.

Der Regierungspräsident erhob sich und schritt in seinem Dienstzimmer umher. „Steidle, was sagen Sie denn dazu?"

Der Angesprochene schüttelte den Kopf. „Man sollte sich unbedingt vor zweifelhaften Theorien hüten und diese auf keinen Fall in die Öffentlichkeit tragen. Lindahl war ein hochsensibler, begabter, aber auch sehr eigenwilliger Künstler, der dem Magistrat Unsummen gekostet hat. Mit dem Mann war einfach nicht zu reden, deshalb mussten wir ihm nachdrücklich die finanziellen Grenzen aufzeigen. Wahrscheinlich hat er das nicht verkraftet und sich wegen der Verletzung seiner übersteigerten Künstlerehre selbst getötet. Alles andere sind Spekulationen, die meines Erachtens jeglicher Grundlage entbehren. Wir sollten die Akten möglichst schnell schließen, damit endlich Ruhe in die Stadt kommt!"

„Rieger, Ihre Meinung?"

„Mit den Mitteln der Kriminalistik können wir keine eindeutigen Beweise für eine Mordtat finden", antwortete der Gendarmerieleutnant ausweichend. „Bei unseren Ermittlungen haben sich jedoch noch weitere Verdachtsmomente ergeben, denen wir unbedingt nachgehen sollten. Selbstverständlich haben wir auch die Beteiligten des Duells befragt.

Dabei hat sich herausgestellt, dass Magistratsrat von Güntersleben über das Verhalten Lindahls in höchstem Maße aufgebracht war. Wir haben daraufhin die Alibis der betroffenen Herren überprüft."

Der Regierungspräsident zeigte sich verärgert.

„Dabei", fuhr Rieger fort, „ergaben sich Anhaltspunkte dafür, dass sich ein Mann höheren Standes noch am gleichen Tag in einer Kneipe mit einem Kriegsveteranen namens Berthold Kupfer getroffen haben soll. Die Beschreibung könnte auf Herrn von Golgatha, den Sekundanten des Herrn von Güntersleben, zutreffen. Kupfer ist amtsbekannt gewalttätig. Unsere Fahndung nach ihm war bisher allerdings erfolglos. Er ist verschwunden."

„Rieger, das sind alles keine Beweise! Wir können doch auf einen vagen Hinweis hin nicht ehrenwerte verdiente Bürger dieser Stadt einem Verdacht aussetzen! Nein!" Der Regierungspräsident schlug mit der Hand auf den Lederrücken seines Schreibtischstuhls. Er hatte eine Entscheidung getroffen.

„Rieger, Sie werden den Fall abschließen, und die Leiche wird zur Bestattung freigegeben! Die Akten nehmen Sie unter Verschluss, damit sie nicht in falsche Hände geraten. Haben Sie verstanden?"

Rieger hob die Hand. „Herr Präsident, ich denke, ich sollte noch weitere Ermittlungen tätigen. Verschiedene Dinge bedürfen da noch der Klärung …"

Der Regierungspräsident schüttelte den Kopf. „Nein, Rieger, es bleibt bei meiner Entscheidung. Sie schließen den Fall ab. Danke für Ihren Rapport. Sie können wegtreten."

Der Gendarmerieleutnant sprang auf, grüßte zackig und verließ das Dienstzimmer. Seine Miene war unbeweglich.

Als die Tür geschlossen war, sah der Regierungspräsident den Bürgermeister nachdenklich an. „Wir sollten die Toten ruhen lassen. Ein Skandal ist das Letzte, was wir jetzt brauchen können. Rieger ist ein zuverlässiger Mann. Er wird tun, was ich ihm aufgetragen habe." Der Regierungspräsident wechselte abrupt das Thema. „Wer wird jetzt die Ringparkanlagen vervollständigen?"

Bürgermeister von Steidle machte eine wegwerfende Handbewegung. „Kein Problem. Unser Stadtgärtner Sturm hat sich schon mehrmals um diese Aufgabe beworben. Jetzt, wo Lindahl weg ist, werden wir wohl ihn mit der Vollendung beauftragen. Dabei werden wir natürlich auf die Pläne Lindahls zurückgreifen."

Der Graf nickte zufrieden. Die beiden Herren verabschiedeten sich voneinander und der Bürgermeister eilte ins Rathaus.

Währenddessen verließ Rieger das Gebäude. Die Anweisungen des Regierungspräsidenten gingen ihm schwer gegen den Strich. Er war ein äußerst gründlicher Polizist und die Indizien, die auf Fremdeinwirkung beim Tod Lindahls hindeuteten, waren nicht von der Hand zu weisen. Er grübelte während des ganzen Weges darüber nach, wie er die Anweisung des Regierungspräsidenten unterlaufen konnte, sah aber keine Möglichkeit. So setzte er sich an seinen Schreibtisch und verfasste einen Schlussbericht. Dabei verwies er auf die Anordnung des Regierungspräsidenten, schilderte aber auch seine Bedenken und die gegebenen Verdachtsmomente. Schließlich legte er die Akte in einen Tresor im Keller, in dem solche Verschlusssachen aufbewahrt wurden.

2014

Aus den Akten der Staatsanwaltschaft Würzburg

PER FAX
Eilt sehr!

Herrn
Leitenden Oberstaatsanwalt
Staatsanwaltschaft Würzburg
Ottostraße

97070 Würzburg

Vorausbericht der Mordkommission K1 vom 8. März 2014 zum Leichenfund vom 7. März 2014:

Am 7. März 2014, ca. 16 Uhr, erhielt die Einsatzzentrale der Polizei einen Anruf des Zeugen Erich Rottmann, Erster Kriminalhauptkommissar a. D., wohnhaft Rosengasse o. Nr., 97070 Würzburg (nähere Angaben zur Person im Protokoll der Zeugenvernehmung), wonach rechtsmainisch, ca. 100 Meter nach dem Kneippsteg, eine Leiche angelandet worden sei. Der Zeuge gab an, dass sein Hund Öchsle den Toten im Uferbewuchs der Flussbettbefestigung gefunden habe. Der Zeuge versicherte, am Fundort keinerlei Veränderungen vorgenommen zu haben.

Die Einsatzkräfte vor Ort sicherten die Fundstelle und verständigten die zuständige Mordkommission, die wiederum den Gerichtsmediziner hinzuzog. Die Städtische Feuerwehr Würzburg leistete beim Bergen der Leiche Amtshilfe.

Bei dem Toten handelte es sich um eine mittelalte männliche Person, die vermutlich aufgrund der Einwirkung von Schiffsschrauben im Kopf- und Gesichtsbereich starke Verletzungen aufwies. Daher konnte die eigentliche Todesursache vor Ort nicht festgestellt werden. Eine sofortige Identifizierung der Leiche war ebenfalls nicht möglich, da der Tote keinerlei Ausweispapiere bei sich trug. Nach entsprechender Sicherung der Spuren und fotografischer Dokumentation der Leiche und des Fundortes wurde der Tote der Rechtsmedizin überstellt. Bezüglich der Todesursache wird auf den Bericht der Rechtsmedizin verwiesen.

Florian Deichler
Erster Kriminalhauptkommissar

Zwei Wochen zuvor, in der heißen Phase eines unterkühlten Kommunalwahlkampfes

Die *Mainpostille* veröffentlichte vor der Kommunalwahl zweimal pro Woche eine Kolumne über eines der brisanten Wahlkampfthemen. Teilweise bedurften diese bereits seit Jahren in Würzburg einer dringenden politischen Entscheidung, waren aber bisher vom Stadtrat nicht abgearbeitet worden. An diesem Tag hatte sich dieser mit dem Thema „Neue Straßenbahnlinie 6“ auseinandergesetzt:

„Gegenstand der Auseinandersetzung zwischen den konkurrierenden politischen Parteien im Wahlkampf ist unter anderem die geplante Straßenbahnlinie 6, die den durch den Abzug der Amerikaner entstandenen neuen Stadtteil Hubland mit der Innenstadt verbinden soll. Die geplante Trassenführung macht einen geraden Schnitt quer durch den Ringpark im Bereich der Ottostraße erforderlich. Hierbei wird eine große Anzahl der alten Bäume, die noch aus der Zeit des Ringpark-Architekten Jöns Person Lindahls stammen, der Motorsäge zum Opfer fallen. Diese Trasse weckt bei einer großen Zahl von Bürgern heftigen Widerspruch, weil damit das grandiose Werk eines der bekanntesten Gartenarchitekten des 19. Jahrhunderts geschändet würde. Das Glacis von Würzburg ist ein in jeder Beziehung schützenswertes gartenarchitektonisches Kleinod, an dem man nicht rühren darf. Die Befürworter dieser Streckenführung argumentieren, dass schon seinerzeit Lindahls Werk heftig umstritten war. Lindahl war psychisch krank und hat sich in diesem Zusammenhang auch das Leben genommen. Ein Akt der Verzweiflung, der bis heute noch nicht vollständig aufgeklärt ist.

Man wird sehen, wie sich die unterschiedlichen Strömungen, die sich auch in den Programmen der Bürgermeisterkandidaten widerspiegeln, durchsetzen werden. Die Wahlbürger haben das letzte Wort."

Als eine Leserin dieses Artikels den Namen Lindahl las, durchfuhr es sie wie ein elektrischer Schlag. Insbesondere die aus ihrer Sicht ehrverletzenden Ausführungen zur Person Lindahls lösten heftigen Zorn bei ihr aus. Wütend knüllte sie die Zeitung zusammen. Es war für sie nur schwer erträglich, dass Jöns Lindahl in den Geschichtsbüchern noch immer als Selbstmörder dargestellt wurde.

Samstag, der 22. Februar

Seitdem der Wahlkampf in die heiße Phase getreten war, fand Stadtrat Wunibald Fettschräuble noch weniger Zeit, sein umfangreiches privates Archiv Würzburger Geschichte und Kunsthistorie zu pflegen. Als Hobbyhistoriker hatte er in Schränken und Kisten in seinem Haus über viele Jahrzehnte einen wahren Schatz zusammengetragen. Viele dieser Unterlagen waren ihm von privaten Sammlern überlassen oder aus Nachlässen anvertraut worden. Fettschräuble hätte mit diesem Material ohne Probleme ein eigenes kleines Museum einrichten können. Er fühlte sich diesem Kulturschatz sehr verpflichtet und hatte ständig ein schlechtes Gewissen, weil er eigentlich viel mehr hätte tun müssen, um diesen Vermächtnissen der Geschichte gerecht zu werden. Aber diverse Ämter und Mitgliedschaften zehrten an seiner Zeit. Es gab noch reichlich Material, das er noch nicht gesichtet und katalogisiert hatte. Arbeit für seinen Ruhestand, wann immer er diese Phase jemals erreichen sollte.

Da kam ihm die Anfrage von Freja Andersson gerade recht, einer jungen Historikerin aus Schweden, die an der Uni Würzburg arbeitete und ein Buch über bedeutende Würzburger Persönlichkeiten des 19. Jahrhunderts schreiben wollte. Sie bat ihn, für ihre Recherchen sein Archiv nutzen zu dürfen. Fettschräuble traf sich mit ihr im *Ratskeller*. Andersson erfüllte alle Klischees über schwedische Frauen. Sie war blond, hatte lange Haare, war groß und schlank, dabei wohlproportioniert und hatte ein rundliches, freundliches Gesicht. Ihren schwedischen Akzent fand Fettschräuble besonders ansprechend. Der Stadtrat war gerne bereit, das Anliegen der jungen Wissenschaftlerin zu unterstützen, erklärte ihr aber auch, dass er sie im Augenblick wegen des Wahlkampfes nur wenig unterstützen könnte. Fettschräuble schilderte ihr sein Problem mit der Archivierung seiner Schätze und Andersson war im Gegenzug für seine Gefälligkeit gerne bereit, im Rahmen ihrer Recherchen in seinem Archiv auch etwas Ordnung zu schaffen. Fettschräuble war hocherfreut und richtete der jungen Frau einen Arbeitsplatz in seinem Haus in einem der Kellerräume ein, die er als Archiv nutzte. Er zeigte ihr den Teil seiner Sammlung, der für ihr Buch relevant sein könnte. Die Unterlagen waren grob sortiert in Kartons untergebracht, aufgeteilt nach erster und zweiter Hälfte des 19. Jahrhunderts.

Freja Andersson stürzte sich auf die Akten und vergrub sich in der Geschichte der Stadt. Zunächst nahm sie eine Sichtung des Materials vor, bei der sie historische Akten, Zeitungsausschnitte und Fotografien auseinandersortierte. Sie hatte für ihr Buch einen Rahmen erarbeitet, in dem sie sich bewegen wollte.

Es war an einem späten Abend in der letzten Februarwoche, als sie einen Karton öffnete, dessen Inhalt sie der zweiten Hälfte des 19. Jahrhunderts zuordnete. Da sie auch den Bürgermeistern und Regierungspräsidenten ein Kapitel widmen wollte, durchsuchte sie die Unterlagen gezielt nach den entsprechenden Personen. Es war kurz nach zweiundzwanzig Uhr, als sie einen unbeschrifteten Aktenumschlag öffnete, der mit einem Band verschlossen war. Wie üblich überflog sie zuerst die mittlerweile schon bräunlichen Blätter auf ihre Relevanz. Es schien sich um eine polizeiliche Ermittlungsakte zu handeln. Interessiert begann sie zu lesen. Plötzlich stutzte sie. Gebannt rückte sie ihre Brille zurecht. Ihre Augen bohrten sich regelrecht in den Text. Als sie alle Seiten gelesen hatte, lehnte sie sich betroffen zurück.

Sie schrak zusammen, als sie oben die Haustür zuschlagen hörte, und warf einen Blick auf ihre Armbanduhr. Kurz nach Mitternacht! Sie hatte völlig die Zeit vergessen.

Da hörte sie Schritte auf der Treppe. Der Stadtrat, der heute Abend auf einer Wahlversammlung gewesen war, kam in den Keller.

„Guten Abend, Frau Andersson, ich habe draußen durchs Kellerfenster noch Licht gesehen. Entschuldigen Sie, ich dachte, Sie hätten vielleicht vergessen, die Lampe auszumachen. Sie sind ja immer noch am Arbeiten! Wollen Sie nicht für heute Schluss machen? Morgen ist ja auch noch ein Tag."

„Sie haben recht", entgegnete sie, „aber ich habe da ein paar ganz interessante Unterlagen gefunden, die mich wirklich gefesselt haben. Da vergisst man völlig die Zeit.

„Ich kenne das", entgegnete Fettschräuble, „aber Sie sollten es nicht übertreiben."

Freja merkte, dass der Stadtrat müde war. Aber da war eine Frage, die ihr auf der Seele brannte. „Darf ich Sie noch kurz etwas fragen?"

Fettschräuble nickte geduldig.

„Können Sie sich erinnern, woher Sie diese Dokumente hier haben? Sie stammen aus den 1880er Jahren."

Fettschräuble beugte sich über den Tisch und warf einen flüchtigen Blick auf die Papiere.

„Ja, ich erinnere mich. Das sind alte Akten. Ich habe sie anlässlich einer Haushaltsauflösung angeboten bekommen. Wenn Sie Genaueres wissen wollen, muss ich in meinen Aufzeichnungen nachsehen. Der Erbe hatte die Unterlagen im Haus seines Großonkels gefunden und mich gefragt, ob ich daran Interesse hätte. Alte Akten sind ja immer eine wahre Fundgrube für historische Forschungen. Es hat mich damals schon gewundert, wie Behördenunterlagen in Privatbesitz gekommen waren. Ich hoffe, für Sie ist etwas Interessantes dabei. Bei Gelegenheit müssen Sie mich einmal über die Ergebnisse Ihrer Forschungen in meinem Archiv unterrichten. Irgendwann wird dieser Wahlkampf auch vorüber sein, dann gibt es wieder etwas mehr Luft … oder auch nicht." Er lachte.

Freja Andersson wandte sich ihrem Computer zu. „Ich sichere nur noch schnell meine Daten auf dem Laptop, dann mach ich für heute Schluss."

Fettschräuble winkte ihr zu und wünschte ihr eine gute Nacht, dann stieg er die Treppe zur Wohnung hinauf. Als er gegangen war, legte Freja Andersson die zuletzt gelesenen Dokumente zurück in den Aktenumschlag und schob diesen vorsichtig in ihre Laptoptasche. Dann verließ sie leise das Haus und fuhr in ihre Wohnung. Sie hatte noch einen wichtigen Anruf zu tätigen.

Zuhause griff sie trotz der späten Stunde zum Telefonhörer. Auf die Uhrzeit konnte sie jetzt keine Rücksicht nehmen. Wenige Sekunden später läutete im fernen Stockholm ein Telefon. Es dauerte einige Zeit, bis sich eine verschlafene Stimme meldete.

„Hallo Nils", sagte Freja, „entschuldige, dass ich dich so spät störe, aber es gibt etwas, was ich dir berichten muss." Das Gespräch dauerte fast eine halbe Stunde. Am Ende sicherte der Gesprächspartner ihr zu, so bald wie möglich nach Würzburg zu kommen. Freja wollte ihm vorher noch Details zufaxen, damit er sich im Vorfeld schon einmal informieren konnte.

Montag, der 24. Februar

Nils Andersson bestieg am internationalen Flughafen Stockholm-Arlanda um 10.15 Uhr die Boeing 737 der SAS Scandinavian Airlines mit Zielflughafen Frankfurt am Main. Da der Flug nicht ausgebucht war, konnte er es sich in seinem Sitz in der Business-Class gemütlich machen. Zwanzig Minuten später befand sich die Maschine in der Luft und erreichte schnell ihre Reisehöhe. In gut zwei Stunden würde das Flugzeug in Frankfurt landen. Nachdem der Hinweis „Fasten Seatbelts“ erloschen war, öffnete er den Sicherheitsgurt und bestellte bei der Stewardess einen Single Malt Scotch. Genussvoll ließ er einen Schluck auf der Zunge zergehen, dann öffnete er seine Aktentasche und holte die ihm von seiner Schwester zugefaxten Papiere heraus. Während des Fluges über den Wolken vertiefte er sich in die Schriftstücke.

Nachdem er die Papiere nochmals gelesen hatte, klappte er seinen Sitz zurück und schloss die Augen. Als er nach einem kurzen Schläfchen erwachte, befand sich das Flugzeug bereits im Landeanflug auf Frankfurt am Main. Kurze Zeit später stand er in der Warteschlange am Zoll. Seine Schwester erwartete ihn in der Flughalle. Das Geschwisterpaar umarmte sich kurz, dann verließen sie den Flughafen. Frejas Volvo stand auf dem Kurzzeitparkplatz. Ein paar Minuten später fuhren sie auf der Autobahn in Richtung Würzburg. Freja nutze die Fahrt, um ihren Bruder nun ausführlicher zu informieren. Nils hörte ihr aufmerksam zu. Er war regelrecht elektrisiert, als er hörte, dass seine Schwester durch Zufall auf eine Quelle gestoßen war, die es ihnen vielleicht ermöglichte, endlich ein dunkles Familiengeheimnis aufzuklären.

Eine gute Stunde später saßen sie in Frejas Wohnung und

Nils studierte bei einer Tasse Kaffee die vergilbten Originalpapiere. Alle Schriftstücke waren mit Feder und Tinte beschrieben. Nach Frejas Expertenmeinung waren sie authentisch. Nils beherrschte die deutsche Sprache fast genauso gut wie seine Schwester. Bei der Schrift brauchte er allerdings ihre Hilfe. Freja war als Historikerin in der Lage, die teilweise verblassten Schriftzüge zu entziffern. Blatt für Blatt las sie sie ihm vor. Langsam entstand in seinem Kopf ein Bild der Ereignisse, wie er sie nicht für möglich gehalten hatte. Als sie fertig waren, lehnte sich Nils zurück. „Hast du mal recherchiert, ob es von diesem Friedrich von Golgatha noch Nachkommen gibt?"

Sie nickte. „Ein direkter Nachfahre, ein gewisser Ottmar Golgatha, ist vor zwei Jahren verstorben. Offenbar haben die Golgathas ihren Adelstitel im Laufe der Geschichte verloren oder abgelegt. Jedenfalls hat Ottmar seinen Nachlass, darunter offensichtlich auch diese Unterlagen, an seinen Neffen Dagobert vermacht. Der wiederum hat sie Stadtrat Fettschräuble überlassen, vermutlich ohne sie jemals gesichtet zu haben. Wahrscheinlich hat er keine Ahnung, welchen Zündstoff er da hergegeben hat. Der Name Lindahl wird erst seit dem Kommunalwahlkampf wieder in den Medien erwähnt. Ich habe mit Golgatha bisher keinen Kontakt aufgenommen, weil ich warten wollte, bis du hier bist. Die Angelegenheit könnte sehr heikel werden, weil er hier in Würzburg in politischer Verantwortung steht. Käme das jetzt an die Öffentlichkeit, wäre das ziemlich brisant!"

Nils zuckte mit den Schultern. „Das ist mir, ehrlich gesagt, ziemlich egal. Ich möchte diesen dunklen Fleck unbedingt und so schnell wie möglich aus unserer Familiengeschichte löschen, auch wenn das für irgendjemanden unangenehm sein könnte."

Freja kannte ihren Bruder. Wenn er ein Ziel vor Augen hatte, konnte er sehr entschlossen, um nicht zu sagen rücksichtslos sein. Sie erhob sich und ging zur Tür.

„Ich zeige dir jetzt das Gästezimmer. Wenn du dich etwas frisch gemacht hast, schlage ich vor, in ein Restaurant zu gehen. Im Flugzeug gab es sicher nichts Ordentliches zu essen und auch ich könnte einen Happen vertragen."

Eine halbe Stunde später saßen sie im *Würzburger Ratskeller.* Beim Essen besprachen sie ihr weiteres Vorgehen. Nils wollte am nächsten Tag Golgatha erst einmal aus der Ferne betrachten. Freja war klar, dass sie dafür sorgen musste, dass ihr Bruder nicht übers Ziel hinausschoss und einen Skandal auslöste.

Dienstag, der 25. Februar

Die mondlose Nacht legte sich wie eine schwarze Decke über Würzburg. Die Straßenbeleuchtungen sorgten allerdings dafür, dass es darunter nicht allzu finster wurde. So hatten auch die letzten Nachtschwärmer keine Probleme, den Heimweg zu finden. Es war Ende Februar und für die Jahreszeit eindeutig zu mild. Der Winter hatte die Mainfranken dieses Jahr recht wenig im Griff. Leichte Nebelschwaden, die vom Main heraufwaberten, hielten sich in den Seitengassen, so als wollten sie sich dort vor der leichten Brise über dem Fluss verstecken, die sie zu zerstreuen drohte.

Es war weit nach Mitternacht und die allermeisten Lokale der Stadt waren längst geschlossen. So konnten die Bürger der Mainmetropole friedlich und ungestört in ihren Federn liegen und den Schlaf der Gerechten pflegen … jedenfalls die meisten von ihnen.

Kurz nach halb drei näherten sich zwei Geländewagen mit mäßiger Geschwindigkeit aus verschiedenen Richtungen der Stadtmitte. Jedes der Fahrzeuge war mit jeweils fünf dunkel gekleideten, maskierten Männern besetzt und zog einen offenen Anhänger. Die Kennzeichen waren mit Schmutz unkenntlich gemacht. In den Autos herrschte Schweigen. Die Insassen folgten einem Plan und wussten genau, was zu tun war.

Das erste Fahrzeug kam aus Richtung Ottostraße und fuhr über die Balthasar-Neumann-Promenade auf den Stadtkern zu. Wann immer es dem Fahrer angebracht erschien, hielt er kurz an. Dann sprangen seine vier Beifahrer wie auf Kommando aus dem Wagen und verteilten sich auf dem Gehsteig. Es gab leise knackende Geräusche, als hektisch Kabelbinder durchtrennt wurden, dann landeten die von Pfosten und

Laternenpfählen abgetrennten Wahlplakate scheppernd auf der Ladefläche des Anhängers und die Fahrt ging weiter bis zum nächsten Stopp. Nervös hielt der Fahrer die Straße im Auge und suchte nach Streifenwagen. Doch die Ordnungshüter ließen sich nicht blicken.

Ähnlich verhielt sich der zweite Wagen, der vom Röntgenring in die Theaterstraße einbog. Auch hier häuften sich immer mehr Wahlplakate und Plakatständen auf dem Anhänger. Als bei beiden Fahrzeugen die Hänger so beladen waren, dass die Fracht nur noch mit Gummibändern gebändigt werden konnte, verständigten sich die Fahrer kurz über Mobiltelefon.

Ihr nächstes Ziel war der Untere Markt. Sie trafen in der Karmelitenstraße aufeinander und fuhren auf den Platz. Wenige Meter unterhalb des Obelisken hielten sie an und luden ihre Ladung hastig ab. Nachdem sie die ganze Last aufgetürmt hatten, sprangen bis auf einen Mann alle in die Fahrzeuge zurück und verschwanden zügig auf demselben Weg, auf dem sie gekommen waren. Der Zurückgebliebene goss aus einer Spritzflasche reichlich von einer stechend riechenden Flüssigkeit über den aufgehäuften Berg, dann warf er einen Kontrollblick auf seine Armbanduhr. Das Timing war perfekt. Drei Uhr fünfzehn. Er zog eine Zündholzschachtel aus der Hosentasche und nahm ein kleines Bündel Streichhölzer in die Hand. Doch als er sie gerade über die Reibefläche ziehen wollte, zuckte er zusammen. Vom Marienplatz her waren Stimmen zu hören, die näherkamen. Er stieß einen leisen Fluch aus und duckte sich weg. Es waren vier Männer, die sich laut unterhaltend in Richtung Karmelitenstraße bewegten. Dem immer wieder aufbrausenden Gelächter nach waren die Herren nicht mehr ganz nüchtern.

„Jetzt verschwindet schon! Verdammt noch mal!“, knurrte

er und beobachtete sie mit zusammengekniffenen Augen. Der ganze Zeitplan geriet in Gefahr! Wenn sie den aufgeschütteten Haufen entdeckten … Der Brandbeschleuniger war sicher quer über den Platz zu riechen. Die Nachtschwärmer waren allerdings voll mit sich selbst beschäftigt und schenkten dem Marktplatz keinerlei Aufmerksamkeit. Eine Minute später waren sie aus seinem Sichtfeld verschwunden.

Der Mann atmete erleichtert aus, dann sprang er hastig auf und zog das Streichholzbündel über die Reibefläche der Zündholzschachtel. Nachdem sich die Schwefelköpfe mit einer zischenden Stichflamme entzündet hatten, warf er das Feuerbündel schnell auf den Plakathaufen. Dann wich er einige Schritte zurück. Während sich der Brandbeschleuniger explosionsartig entzündete, griff der Mann in die Hosentasche und schickte eine bereits vorbereitete SMS ab, auf die hin seine Mitstreiter sofort einen Notruf absetzen würden. Währenddessen fuhr eine bläulich gelbe Stichflamme in den nächtlichen Himmel und ein heftiges Brausen erfüllte die Luft.

Hastig trat der Mann einige weitere Schritte zurück, da die sengende Hitze kaum zu ertragen war. Mehrere aus leicht entflammbarem Material bestehenden Wahlplakate fingen schlagartig Feuer. Gierig fraßen sich die Flammen in die meist lachenden, aber auch ernst oder wichtig dreinblickenden Gesichter der darauf abgebildeten Kommunalwahlkämpfer jeglicher Couleur. Als der Brandstifter sicher war, dass das Feuer zuverlässig brannte, drehte er sich schnell um, zog eine Spraydose aus der Tasche und sprühte etwas an den unteren Sockel des Obelisken, dann rannte er in Richtung Marienplatz davon.

Dort konnte er nur durch einen hastigen Seitensprung einen Zusammenprall mit einem älteren Herrn verhindern, der plötzlich und unverhofft mitten im Weg stand und einen überraschten Laut von sich gab. Ein mittelgroßer Hund, der ihn begleitete, bellte erschrocken auf. Hastig machte sich der Brandstifter aus dem Staub.

Kurze Zeit zuvor

Erich Rottmann verließ sein Stammlokal mit einer extrem angeschnittenen Kurve, die ohne weiteres auch einem Michael Schumacher in seiner aktiven Zeit zur Ehre gereicht hätte. Rottmann legte den Schwenk in die Maulhardgasse so scharf an, dass er die rechte Ecke des Ausgangs spürbar mit dem Ärmel seiner Lodenjoppe touchierte. Öchsle, der ihm dichtauf folgte, hatte erhebliche Mühe, nicht zwischen dem Unterschenkel Rottmanns und dem Eckstein eingequetscht zu werden. Mit einem vernehmlichen Quieken bekundete der Rüde seinen Protest.

Rottmann blieb abrupt stehen und warf seinem Vierbeiner einen bedauernden Blick zu, dann nuschelte er etwas verwaschen: „Össle, Össle, 'tschuldigung, da muss irchendwie seit gestern irchend so ein Idiot den Eingang irchendwie enger gemacht haben. Gestern sinn mer doch noch ohne Probleme durchmarschiert."

Öchsle war sicherheitshalber einige Schritte vorausgeeilt und stand nun abwartend mit schief gelegtem Kopf in der Gasse. Rottmann verharrte leicht breitbeinig wie ein Matrose bei Seegang und sah mit wässrigen Augen seinen Stammtischbrüdern hinterher. Diese wankten, sich lauthals unterhaltend, ein ganzes Stück vor ihm. Es war deutlich nach drei Uhr, die Weinstube hatte für andere Gäste schon seit Stunden geschlossen, aber er und seine Stammtischbrüder hatten wegen einer Geburtstagsfeier des Stammtischbruders Ron Schneider heute „irchendwie", wie Rottmann zu sagen pflegte, kein Ende gefunden. Wobei nicht Ron Schneider das Geburtstagskind war. Vielmehr ließ er auf die Geburt seines ersten Enkels, einen Knaben namens Jonathan, reichlich Wein fließen.

Erich Rottmann war der Letzte gewesen, den Anni, die Bedienung, schließlich mit fränkischem Charme und der ihr eigenen Nachdrücklichkeit zum Ausgang bugsierte.

Rottmann blieb nach wenigen Schritten stehen und begann tief in seiner Joppentasche zu kramen. Schließlich wurde er mit einem zufriedenen Grunzen fündig. Mit einer schwungvollen Bewegung brachte er seine gestopfte Bruyère zum Vorschein und schob sie sich zwischen die Lippen. Mit der anderen Hand fischte er ein Gasfeuerzeug aus der Tasche und entzündete es mit einer gekonnten Bewegung seines Daumens – dank der jahrzehntelangen täglichen Übung auch mit erhöhtem Promillepegel für Rottmann kein Problem. Einen Moment später entließ er würzige Rauchwolken in den Nachthimmel über Würzburg.

„Össle, du übernimmst jetzt die Führung!", brabbelte der Schoppenfetzer halblaut vor sich hin und wedelte auffordernd mit der Pfeife in der Luft herum. „Aber des Ganze gaaanz schön gemütlich!"

Als erfahrener Hund seines Herrchens, dem solche Situationen nicht ganz fremd waren, lief der Rüde voraus, wobei er sich immer wieder zurückschauend davon überzeugte, dass sein Mensch ihm auch folgte. Mit drei Pausen, in denen Rottmann gemächlich die Glut seiner Pfeife nachstopfte, überwanden sie schließlich die kurze Strecke bis zum Marienplatz. Als Rottmann gerade auf den Unteren Markt einschwenken wollte, preschte unvermutet eine dunkle Gestalt um die Ecke, die nur deshalb nicht frontal mit dem weinseligen Stammtischbruder zusammenrumpelte, weil sie vor dem Zusammenprall reaktionsschnell einen artistischen Seitensprung vollführte. Öchsle, der auch überrascht war, bellte zweimal erschrocken auf, dann war der Mann aber auch schon auf und davon.

„So ein Rammel!", schimpfte Rottmann, der vor Schreck fast seine Bruyère hätte fallen lassen. Dann drehte er sich um und rief ihm hinterher: „Wenigstens entschuldigen könnte man sich, wenn man schon brave Unterfranken über den Haufen rennt!"

Doch der Unbekannte war bereits verschwunden. Der ehemalige Leiter der Würzburger Mordkommission schüttelte ungehalten den Kopf, was bei ihm einen leichten Schwindel auslöste. Brummelnd marschierte er weiter. Nach wenigen Metern kam es jedoch schon wieder zu einem Halt. Es dauerte einige Zeit, ehe Rottmann den flackernden Lichtschein, der den Marktplatz gespenstisch erhellte, als die Flammen eines brennenden Scheiterhaufens identifizierte, der nur einen Steinwurf weit vor ihm lichterloh brannte.

„Ja, verdammt noch amal, was ist denn des?" Die Weinnebel, die sein Gehirn so angenehm umwehten, lichteten sich schlagartig und Rottmann begriff: Hier brannte es wirklich! Hastig griff er in seine Joppentasche und fischte nach seinem Mobiltelefon. Während er noch das Telefon einschaltete, hörte er schon schnell näherkommenden Sirenenklang. Langsam steckte er das Handy wieder ein. Da war offenbar jemand schneller gewesen als er.

Weil die Feuerwache der Städtischen Feuerwehr nicht allzu weit vom Brandort entfernt lag, dauerte es nur Minuten, bis das erste Löschfahrzeug auf den Marktplatz donnerte und vor dem brennenden Haufen zum Stehen kam. Die Feuerwehrmänner sprangen aus dem Fahrzeug. Blitzschnell hatte der Einsatzleiter die Situation erkannt. Kommandos erklangen, dann rollten die ersten Schläuche über das Pflaster. Ehe sich Rottmann versah, ergoss sich ein kräftiger Sprühregen auf die Flammen, die sich giftig zischend wehrten. Das Gefecht dauerte jedoch nicht lange. Bald lag nur noch ein schwarzer dampfender Haufen auf dem Platz. Der Qualm wurde von einer leichten Brise über die Dächer davongetragen, wo ihn die Nacht verschluckte. Als die Flammen gelöscht waren, fuhr ein Polizeieinsatzfahrzeug auf den Platz und zwei Beamte stiegen aus.

„Wer ist hier der Einsatzleiter?“, hörte Rottmann einen der Polizisten fragen. Ein Mann mit weißem Helm schob sich nach vorne.

„Was war hier los?“, wollte der Beamte wissen.

Rottmann hatte sich, nachdem das Feuer gelöscht war, unbemerkt von den Einsatzkräften langsam nach vorn bewegt. Ihn interessierte, was hier gebrannt hatte. Neugierig spitzte er die Ohren. Öchsle, den der beißende Brandgeruch unangenehm in die empfindliche Nase stach, hielt sich im Hintergrund.

„So wie es aussieht“, antwortete der Feuerwehrmann, „haben ein paar Verrückte hier einen großen Stapel Wahlplakate aufgetürmt und dann angezündet.“

Rottmann konnte jetzt tatsächlich vereinzelt angekohlte Plakatständer identifizieren, dazwischen Plakatreste, auf denen noch Teile von Gesichtern und Wahlslogans zu erkennen waren. Es sah schon makaber aus, dass sich auf den unverbrannten Resten lachende Münder oder starr blickende Augenpaare ohne das dazugehörende Gesicht zeigten.

„Wer macht denn so was?“ Der Streifenbeamte schüttelte den Kopf.

Der Feuerwehrmann zuckte mit den Schultern. „Keine Ahnung. Vielleicht waren es ein paar verärgerte Bürger, die sich über diese Plakatflut in der Stadt geärgert haben. Die Zeitung war ja voll von Leserbriefen, in denen sich Leute über diese Plakatierungswut der Politiker aufgeregt haben. Die Straßenränder sind doch vollgepflastert mit Grinsgesichtern, die kein Mensch mehr sehen will. Am Obelisken", er deutete zur Steinsäule, „hat jemand etwas hingesprüht. Vielleicht die Signatur der Täter."

„Das werde ich mir gleich mal ansehen", sagte der Polizist. „Mir gefällt dieser Plakatwald auch nicht. Aber bei allem Verständnis, das rechtfertigt doch nicht so eine Aktion! Da bestand doch Brandgefahr für die umliegenden Häuser und für die Markthäuschen!"

Der Feuerwehrmann wiegte den Kopf. „Ganz so schlimm war es nicht. Diese Aktion war offenbar exakt geplant. Bei uns ging um drei Uhr sechszehn der Alarm ein. Acht Minuten später waren wir hier. Berücksichtigt man, dass hier mit Brandbeschleuniger gearbeitet wurde und das Feuer bei unserem Eintreffen gerade erst seinen Höhepunkt erreicht hatte, müssen Alarmierung und Ausbruch des Feuers zeitlich dicht beieinandergelegen haben. Der oder die Brandstifter wollten offenbar niemanden gefährden."

Der Polizeibeamte zuckte mit den Schultern. „Wir werden ja von euch einen entsprechenden Bericht bekommen. Die Brandspezialisten der Kripo werden sich dann die Sache ansehen."

„Alles klar", gab der Feuerwehrmann zurück. „Wir rücken jedenfalls jetzt ab. Das Feuer ist gelöscht, es besteht keine Gefahr mehr." Er winkte kurz, dann eilte er zu seinen Männern und gab einige Befehle.

Während die Feuerwehrmänner ihre Ausrüstung wieder einsammelten und die Schläuche aufrollten, näherte sich Rottmann einem der Polizeibeamten.

„Guten Morgen …“, begann er. Er kam jedoch nicht weiter, denn der Polizist fuhr erschrocken herum. Durch den Lärm, den die abrückende Feuerwehr verursachte, hatte er Rottmann offenbar nicht kommen hören. Mit kritischem Blick musterte er den Mann mit Hund, der überraschend hinter ihm stand.

„Was machen Sie denn hier?“, fragte er barsch. Rottmanns Alkoholfahne stach ihm sofort in die Nase.

„Ich … ich möchte eine Aussage machen“, nuschelte der Exkommissar.

Der Polizeibeamte sah ihn prüfend an. Er konnte sich nicht vorstellen, dass der Mann in seinem Zustand etwas Hilfreiches beitragen konnte.

„Wenn Sie etwas beobachtet haben, dann kommen Sie bitte morgen auf die Dienststelle, wir werden dort Ihre Zeugenaussage aufnehmen. Hier meine Visitenkarte.“ Er überreichte Rottmann das kleine Kärtchen. Mit einem gönnerhaften Unterton fuhr er fort: „Guter Mann, jetzt gehen Sie besser erst mal nach Hause und schlafen Ihren Rausch aus.“ Damit drehte er sich um und ging zu seinem Kollegen, der am Einsatzfahrzeug stand.

„Ich bin bestimmt nicht dein guter Mann!“, knurrte Rottmann nicht unbedingt leise, aber der Beamte schien es überhört zu haben. Rottmann machte eine wegwerfende Handbewegung. „Dann sag ich halt nichts.“ Er wollte gerade weitergehen, als an der Brandstelle grelle Blitze aufleuchteten. Das Blitzlicht eines Fotoapparates. Neugierig trat Rottmann näher, dann rief er: „Natürlich, Schöpf-Kelle! Das hätte ich mir ja denken können, dass Sie hier als Erster Ihr Unwesen treiben. Wohl wieder den Polizeifunk abgehört?“

„Ach, der Herr Rottmann“, gab der rasende Reporter der Würzburger *Mainpostille* verwundert von sich. „Das mit dem Polizeifunk ist doch völlig out. Für solche Dinge gibt es heutzutage doch Facebook und Twitter. Die Brandstifter haben ihre Aktion vorher angekündigt. Alles ganz easy. Im Übrigen mache ich hier nur meine Arbeit. Da muss doch auch einmal die Frage erlaubt sein, was Sie um diese Zeit hier machen!" Da bemerkte er Rottmanns ausgeprägten Alkoholatem und erklärte grinsend: „Wie ich rieche, haben Sie wieder mal ausgiebig dem Frankenwein die Ehre erwiesen."

„Das geht Sie gar nichts an!" Trotz seines angeschlagenen Zustands registrierte Rottmann, dass der Journalist den unteren Sockel des Obelisken fotografierte. Die Neugier des ehemaligen Kriminalbeamten erwachte und er kam näher. Er musste sich herunterbeugen, um die anscheinend schnell mit schwarzer Farbe hingesprühten Zeichen zu erkennen. Es handelte sich um die Buchstabenkombination ANW, die offenbar mit Hilfe einer Schablone aufgesprüht worden waren.

Das sagte ihm gar nichts. Schulterzuckend wollte er sich schon abwenden, als Schöpf-Kelle neben ihn trat und fragte: „Sie wissen nicht, was das bedeutet?"

Rottmann zuckte erneut mit den Schultern.

„Das ist die Abkürzung für *Autonome Nichtwähler Würzburg.*"

„Was ist denn das wieder für ein Quatsch?", wollte Rottmann wissen.

„Das ist ein bisschen undurchsichtig. Die *Autonomen Nichtwähler* haben sich wohl erst während des Wahlkampfes gebildet. Es scheint eine Gruppierung zu sein, in der sich extreme Nichtwähler zusammengeschlossen haben. Wie es aussieht, wollen sie den Wahlkampf boykottieren. Wenn sie mich fragen, eine Frustreaktion verärgerter Bürger, die es satthaben, nach jeder Wahl wieder nur einen Aufguss des alten Stadtrats zu bekommen."

„Was ist denn das wieder für eine Spinnerei?", brummelte

Rottmann und wandte sich zum Gehen. Da schien dem Journalisten noch etwas einzufallen.

„Weil wir gerade so nett miteinander plaudern, Herr Rottmann: Sind Sie schon länger hier? Haben Sie vielleicht etwas beobachtet, was für mich von Interesse sein könnte? Sie können sicher sein, Diskretion ist meine oberste Maxime!" Wissbegierig kam er näher an Rottmann heran. Zu nahe, fand Öchsle und gab ein warnendes Knurren von sich. An der Körpersprache seines Menschen erkannte er, dass dieser Kerl nicht zu Rottmanns Freunden gehörte.

Schöpf-Kelle warf dem Rüden einen respektvollen Blick zu, dann trat er sicherheitshalber einen Schritt zurück und ergänzte: „Ich habe noch nie eine Informationsquelle preisgegeben …"

„… und morgen steht alles brühwarm in der Zeitung!", stieß Rottmann hervor und schob den Reporter mit Nachdruck zur Seite. „Schöpf-Kelle, gehen Sie mir nicht auf die Nerven. Ich bin müde und werde jetzt erst mal für ein paar Stunden die Matratze abhorchen." Er hob grüßend die Hand und marschierte breitbeinig quer über den Marktplatz davon. Öchsle folgte ihm dichtauf.

Schöpf-Kelle schickte ihm leise ein Schimpfwort hinterher. Dann wurde seine Aufmerksamkeit aber von einem Fahrzeug in Anspruch genommen, das auf den Marktplatz gefahren kam. Die Brandspezialisten der Kripo waren eingetroffen. Da er seine Bilder eigentlich alle im Kasten hatte und von den Beamten im Augenblick nichts Neues zu erwarten war, verzog sich Schöpf-Kelle diskret. Zusammen mit den Fotos vom Feuer würde das eine super Story werden. Dieser Brand würde sicher auch gehörig Feuer unter dem Hintern der Würzburger Wahlkämpfer machen.

*

Nachdem der maskierte Mann das Restaurant *Greifensteiner Hof* passiert hatte, verlangsamte er seinen Schritt, dabei zog er sich die Maske vom Kopf und stopfte sie in die rechte Beintasche seiner Hose. Mit der Hand wischte er sich einige nassgeschwitzte Strähnen seines üppigen blond gelockten Haares aus der feuchten Stirn. Langsam beruhigte sich sein vom Lauf beschleunigter Atem wieder.

Eigentlich bin ich für solche Aktionen langsam zu alt, konstatierte er, musste aber grinsen, als er sich die Gesichter der Parteifunktionäre vorstellte, wenn sie morgen die Nachricht von den verbrannten Plakaten erhielten. In der Ferne hörte er die Sirenen mehrerer Einsatzfahrzeuge. Es klappte also alles wie am Schnürchen. Bis auf den Beinahezusammenstoß mit dem weinseligen Nachtschwärmer und seinem Hund war alles nach Plan verlaufen.

Der Mann erreichte die Juliuspromenade, wo er sein Auto abgestellt hatte. Er setzte sich hinter das Steuer des BMW und atmete mehrmals tief durch. Er lenkte den Wagen aus der Parklücke. Über die Koellikerstraße erreichte er den Röntgenring, über den Berliner Ring und die Grombühlbrücke seine Wohnung in der Lindleinstraße. Er stellte sein Fahrzeug auf der Straße ab und stieg die wenigen Stufen zu seiner Wohnungstür im ersten Stock hinauf. Im Flur knipste er das Licht an und warf den Schlüsselbund in eine Holzschale. Auf dem Weg ins Wohnzimmer zog er sich das schwarze T-Shirt über den Kopf. Noch mit der Hand im Ärmel drückte er mit dem Ellenbogen auf den Lichtschalter. Sofort flammte in der Ecke des Zimmers ein Deckenfluter an, der den Raum in ein dämmeriges weiches Licht tauchte. Er warf das T-Shirt auf einen Sessel, ging in die Küche und holte sich aus dem Kühlschrank eine Tetra-Packung mit Milch. Während er in langen Zügen trank, machte sich Erschöpfung bemerkbar. Nachdem der Stress langsam von ihm abfiel, folgte Müdigkeit. Schnell setzte er noch eine SMS ab, dann ging er ins Bad. Seine Kleidung roch nach Rauch. Er zog sie aus und stopfte sie in die Waschmaschine. Lange genoss er die warmen Wasserstrahlen der Dusche, dabei entspannte er sich. Wenig später saß er vor dem Fernseher und zog sich einen alten Western rein. Es dauerte keine Viertelstunde, dann war er, in sich zusammengesunken, eingeschlafen.

Mittwoch, der 26. Februar

Die Wahlkampfmanager der fünf Oberbürgermeisterkandidaten der Stadt Würzburg erfuhren von der Plakatverbrennung durch den Reporter Schöpf-Kelle. Der Journalist rief sie wenige Stunden nach dem Feuer am frühen Morgen der Reihe nach an und wollte von ihnen eine Stellungnahme zu diesem Ereignis haben. Die Geschichte würde am nächsten Morgen in der *Mainpostille* zu lesen sein. Zwei der Wahlkampfmanager lagen noch in den Federn, die drei anderen erreichte er beim Frühstück. Die beiden Damen und drei Herren traf die Information eiskalt. Die meisten glaubten zuerst, dass sich Schöpf-Kelle einen Scherz mit ihnen erlauben wollte. Als der Reporter aber einige Fakten nannte und als Verursacher der Verbrennungsaktion die ANW bezeichnete, fanden sie sich schlagartig auf dem Boden der Tatsachen wieder. Reflexartig erklärten sie unabhängig voneinander, „keinen Kommentar" abgeben zu wollen. Kaum hatten sie Schöpf-Kelle abgewimmelt, glühten zwischen ihnen in geradezu panischer Betriebsamkeit die Telefonleitungen, Konkurrenz hin, Konkurrenz her. Man war sich schnell einig: Hier handelte es sich um einen gemeinsamen Gegner, den man in einer konzertierten Aktion bekämpfen musste. Die Herrschaften beschlossen, ihre jeweiligen Kandidaten im Augenblick noch nicht zu informieren. Zuvor wollten sie sich umgehend zu einer Krisensitzung treffen. Da sie nicht ausschließen konnten, von der Presse beobachtet zu werden, trafen sie sich eine Stunde nach der Telefonkonferenz im Fraktionszimmer der *Unabhängigen Frankenliste.*

„Wir müssen unbedingt und schleunigst etwas unternehmen", eröffnete Siegbert, freier Unternehmer, die Diskussion, kaum dass sich die Teilnehmer der Besprechung auf den wenigen Stühlen niedergelassen hatten. Die fünf Personen fanden kaum Platz, da überall im Raum Pakete mit Wahlwerbung lagerten. „Diese Verbrennungsaktion ist der Gipfel der Frechheit! Wir dürfen uns das nicht bieten lassen! Diese ANW gibt es doch gar nicht. Dahinter steckt doch dieser Duwe Golgatha mit seiner NWW, da fresse ich einen Besen ohne Salz und Pfeffer! Demnächst steigt die große Diskussionsrunde unserer Kandidaten im Congress-Centrum. Keiner von uns weiß, was die NWW dort plant. Mir wird ganz schlecht, wenn ich daran denke!" Sein cholerisches Temperament verschaffte ihm einen hohen Blutdruck und eine ungesund rötliche Gesichtsfarbe.

„Ich fürchte, das werden wir nicht beweisen können", warf Lorenz, der Homöopath, ein. „Die ANW hat sich doch schon einige andere, wenn auch nicht ganz so spektakuläre Aktionen erlaubt. Immer wieder kleine Nadelstiche. Gewissermaßen in homöopathischen Dosen. Von einer Anzeige würde ich abraten. Duwe Golgatha hat mit Sicherheit für alle Aktionen ein Alibi."

„Das ist auch meine Meinung. Wir müssen aufpassen, dass wir uns nicht der Lächerlichkeit preisgeben", mahnte Aisha, die Studienrätin, mit einer rauchigen Stimme, die auf einen erheblichen Zigarettenkonsum schließen ließ. „Damit hätten diese Chaoten genau das erreicht, was sie wollen."

Manuel, der Philosoph, hob die Augenbrauen und dozierend den Zeigefinger. „Liebe Freunde, ich kann Kollegin Aisha da nur unterstützen. Wie schon unser großer deutscher Denker Immanuel Kant, gewissermaßen mein Namensvetter, sagte: ‚Der Ziellose erleidet sein Schicksal – der Zielbewusste gestaltet es'. Ich plädiere daher dafür, etwas Wirksames zu tun, was allemal besser ist, als etwas Unwirksames zu unterlassen."

Lisa-Lou, die Barbesitzerin, die mit beiden Füßen fest auf dem Boden der Realität stand, verdrehte die Augen. „Das sind doch alles hohle Sprüche, mit denen ich nichts anfangen kann. Wir vermuten alle, dass Duwe Golgatha das alles inszeniert hat, weil er mit seiner Bewegung Aufsehen erregen will. Da wir es ihm nicht beweisen können, müssen wir ebenfalls zu unkonventionellen Mitteln greifen. Auf einen groben Klotz gehört ein grober Keil!" Temperamentvoll schlug sie zur Untermauerung ihrer Worte auf die Tischfläche. Alle in der Runde zuckten zusammen.

„Machen Sie einen Vorschlag!", forderte Siegbert sie auf. „Wenn Sie ihm nicht gerade einen Killer auf den Hals hetzen wollen, unterstütze ich alles, was etwas bringt. Uns zerrinnt die Zeit zwischen den Fingern!"

Lisa-Lou betrachtete nachdenklich ihre künstlichen Fingernägel. Mit gesenkter Stimme fragte die Barbesitzerin in die Runde: „Was wäre denn, ich meine, nur so als Denkmodell, wenn Herr Golgatha für einige Zeit verreisen würde, so dass er an dieser Veranstaltung gar nicht teilnehmen könnte ...?"

„Liebe Lisa-Lou, erscheint es Ihnen nicht auch ein wenig unrealistisch, um nicht zu sagen naiv, zu glauben, dass Duwe Golgatha ausgerechnet jetzt eine Reise unternimmt?" Manuel lächelte etwas gönnerhaft. Manchmal fühlte er sich in diesem Wahlkampf intellektuell fehl am Platze.

Aisha wischte seine Bemerkung mit einer Handbewegung zur Seite. „Sie meinen, man sollte Duwe Golgatha ein ... Ticket zukommen lassen ...? Natürlich anonym!"

„Gewissermaßen ein Angebot, dem er nicht widerstehen kann ...", ergänzte Lorenz, der ein Faible für Mafiafilme hatte.

Lisa-Lou zuckte mit den Schultern. Dabei sah sie herausfordernd in die Gesichter der Mitstreiter. Sie merkte, dass einige sie sehr gut verstanden hatten.

Siegbert fixierte Lisa-Lou intensiv. „Könnten Sie das arrangieren? Ich meine … haben Sie gewisse Kontakte? Und vor allen Dingen, was würde das kosten? Wobei ich davon ausgehe, dass wir alle hier das gemeinsam finanzieren.“ Er sah auffordernd in die Runde.

„Ich habe eine Bahncard 50“, bot Manuel großzügig an, „die könnte ich zur Verfügung stellen. Sie würde sich bei einem Bahnticket merklich kostendämpfend auswirken.“

Kommentarlos blies Siegbert genervt die Wangen auf.

„Wenn wir uns einig sind“, gab Lisa-Lou zurück, „werde ich das in die Hand nehmen. Selbstverständlich halte ich Sie auf dem Laufenden.“ Nachdem alle ihre Zustimmung signalisiert hatten, erhob sie sich energisch und schob schwungvoll den Stuhl zurück. „Ich habe ja Ihre Telefonnummern. Wenn ich etwas Näheres weiß, werde ich Sie unterrichten.“ Sie sah fragend in die Runde. „Damit dürfte die Besprechung wohl beendet sein.“

Die anderen Teilnehmer erhoben sich ebenfalls und verließen, getrennt voneinander, zügig das Rathaus. Es war nicht zweckdienlich, wenn man sie friedlich vereint zusammen sah.

Lisa-Lou eilte in die Marktgarage und setzte sich in ihren pinkfarbenen Smart. Sie war froh, dass die anderen ihrem Vorschlag zugestimmt hatten. Als Geschäftsfrau war sie eine Pragmatikerin, die wusste, dass man manche Angelegenheiten unkonventionell regeln musste. Sie hatte schon bestimmte Vorstellungen, wen sie für diesen Job engagieren würde. Einige Zeit später in der *Glücksoase*, ihrem Lokal im Neuen Hafen, angekommen, ging sie sofort in ihr Büro und wählte eine Telefonnummer. Nachdem ihr Gesprächspartner sich meldete, sagte sie knapp: „Grüß dich, Paul. Schwing mal flotti deinen Hintern zu mir ins Büro. Ich habe einen Job für dich.“ Sie wartete die Antwort nicht ab. Wenn sie rief, hatte Paul bei ihr auf der Matte zu stehen. Was er eine Viertelstunde später auch tat.

*

Duwe Golgatha, im Hauptberuf Ermittler bei der Kriminalpolizei, hatte den ganzen Tag über dienstlich in Bamberg zu tun gehabt. Jetzt war er rechtschaffen müde. Die Nacht zuvor war wirklich sehr kurz gewesen. Eine Dusche und ein paar Eier mit Speck in die Pfanne, dann musste er noch ein paar Telefonate mit seinen Kollegen von der NWW führen. Wahrscheinlich dachten die schon, er sei verschollen. Heute würde er so früh wie möglich ins Bett gehen.

Wenig später schloss er seine Wohnungstür auf und trat ein. Er legte seine Aktentasche ab und betrat das Wohnzimmer. Der feine Duft eines ihm unbekannten herben Eau de Toilette kitzelte seine Nase. Da schlug ihm aus der Tiefe des Raums eine sonore Stimme entgegen.

„Guten Abend, Duwe, Sie sind ja ein richtiges Arbeitstier. Sie haben mich lange warten lassen."

Duwe Golgatha erstarrte für einen kurzen Moment. Dann betätigte er den Lichtschalter. Unwillkürlich kniff er die Augen zusammen, weil sie sich erst auf das Licht der Deckenlampe einstellen mussten. Duwe Golgatha konnte die Gestalt eines kräftigen Mannes erkennen, der es sich in seinem Fernsehsessel bequem gemacht hatte. Der Mann trug eine Kopfhaube, eine blaue Jeanshose und eine Jacke aus dem gleichen Material. Seine Hände lagen locker auf den Armlehnen des Sessels. Auf dem Wohnzimmertisch lag neben der Fernbedienung griffbereit eine Pistole. Duwes Hand zuckte unwillkürlich unter sein Jackett, wo er sonst seine Dienstwaffe trug. Der Eindringling reagierte schneller. Er schnappte sich seine Waffe und erhob sich.

„Stopp, jetzt wollen wir aber nicht ungemütlich werden. Stellen Sie sich bitte mit dem Gesicht zur Tür, Arme hoch, Handflächen gegen das Türblatt, Beine auseinander und einen Schritt zurück. Diese Prozedur kennen Sie ja. Wir wollen doch nicht, dass unsere Begegnung einen unangenehmen Beigeschmack bekommt."

Duwe gehorchte. Er hatte allerdings heute gar keine Waffe dabeigehabt. Der Unbekannte tastete ihn ab. Er machte das offensichtlich nicht zum ersten Mal. Schnell fand er das Mobiltelefon und steckte es ein. Dann trat er einen Schritt zurück und Duwe Golgatha konnte sich wieder umdrehen.

„Nehmen Sie doch bitte Platz", bat der nächtliche Besucher ausgesucht höflich und wies auf die Couch gegenüber. Duwe Golgatha zögerte einen Augenblick, dann aber ließ er sich nieder. Er hatte keine Ahnung, was das alles sollte. Mit der Schusswaffe hatte der Mann im Augenblick die besseren Argumente. Der Eindringling nahm ebenfalls Platz, dabei schob er die Pistole in den Gürtel seiner Hose. Duwe sah im Moment keine Möglichkeit, seine Lage zu verbessern.

„Was oder besser wer verschafft mir das zweifelhafte Vergnügen?", fragte er daher betont gelassen. Er wollte den Mann seine Anspannung nicht anmerken lassen.

„Es freut mich, dass Sie meine Anwesenheit mit solcher Gelassenheit betrachten", gab der Maskierte zurück. „Ich will gleich vorausschicken, dass mir persönlich nichts daran liegt, Ihre körperliche Unversehrtheit zu beschädigen. Ich habe nichts gegen Sie. Dies ist für mich ein ganz normaler Job, den ich für einen Auftraggeber erledige. Nichtsdestoweniger darf ich Ihnen versichern, dass ich meine Aufträge immer peinlich genau ausführe. Ich wäre Ihnen also sehr dankbar, wenn Sie in unser beider Interesse kooperieren würden, dann bleiben Sie auch garantiert unversehrt. Meine Schusswaffe betrachten Sie bitte lediglich als kleines Beruhigungsmittel gegen spontane Gemütsausbrüche. Sie verstehen?"

„Akzeptiert", gab Duwe barsch zurück. „Könnten wir aber nun langsam auf den Punkt kommen?" Das geschwollene Gerede seines Besuchers ging ihm auf die Nerven. Er war müde und wollte eigentlich nur noch duschen und schlafen.

„Nun gut, wie Sie wollen", erwiderte der Mann und erhob sich. „Sie werden mich jetzt auf einer kleinen Spritztour begleiten ... und nochmals, bitte keine Mätzchen. Wenn Sie mir keinen Stress machen, werde ich auch Ihnen keinen verursachen. Glauben Sie mir, ich erledige einen derartigen Auftrag nicht zum ersten Mal. Wo steht Ihr Wagen?"

Duwe Golgatha war klar, dass er im Augenblick keine Chance hatte, irgendetwas gegen den Vermummten zu unternehmen. Der Mann war ein Profi und hielt immer ausreichend Abstand zu ihm. Auch die Tatsache, dass er ihm nicht die Hände fesselte, sprach für sein Selbstbewusstsein. Sie verließen das Wohnhaus. Duwe blickte die Straße rauf und runter. In der Dunkelheit war weit und breit keine Menschenseele zu sehen. Der Unbekannte wies Duwe den Beifahrersitz zu. Der Mann stellte sich neben ihn und zog ein paar Handschellen aus der Jacke.

„Darf ich bitten?" Er sah Duwe auffordernd an. Erst fesselte er eine Hand, dann führte er die andere Schelle durch den Haltegriff rechts oben über dem Fenster und schloss auch das andere Handgelenk an. Mit Gefühl drückte der Entführer die Beifahrertür zu. Auf dem Weg zur Fahrerseite zog er ein Handy heraus und tippte eine SMS. Nachdem er sich hinter das Lenkrad geschoben hatte, zog er aus der Innentasche seiner Jeansjacke eine dunkle Schlafmaske, wie sie bei Interkontinentalflügen an die Passagiere verteilt wurde.

„Während der Fahrt setzen Sie bitte das hier auf." Duwe

wollte protestieren, sah dann aber ein, dass es keinen Sinn hatte. Mit einem Seufzer ließ er sich die Maske über die Augen ziehen, sodass er nichts mehr sehen konnte. Kurz darauf wurde der Motor gestartet und der BMW rumpelte vom Gehsteig.

„Vielleicht könnten Sie mit meinem Auto etwas sanfter umgehen", knurrte Duwe verärgert.

„Halten Sie den Mund!", kam die barsche Antwort und der Fahrer gab Gas. Anscheinend wollte er Duwe Golgatha verwirren, denn er bog mehrmals hintereinander ab. Schnell verlor Duwe die Orientierung. Längere Zeit ging es bergab. Das Geräusch des Motors blieb verhalten. Sein Entführer hielt sich offenbar an die Geschwindigkeitsbegrenzung. Vermutlich wollte er nicht die Aufmerksamkeit einer Polizeistreife auf sich lenken.

Nach Duwes Gefühl waren gute fünfzehn Minuten vergangen, als der Wagen langsamer wurde und schließlich eine Rampe hinunterrollte. Dem hallenden Motorengeräusch nach befanden sie sich in einer Tiefgarage. Einen Moment später bremste der Fahrer den BMW ab.

„Aussteigen!", kam die Anweisung. „Die Maske behalten Sie bitte auf!" Duwe spürte, wie die Fesseln gelöst und anschließend sofort wieder vor dem Körper geschlossen wurden. Er öffnete die Wagentür und schwang sich ins Freie. Der Geruch von Benzin traf seine Nasenschleimhäute. Seine Vermutung war richtig, er befand sich in einer Tiefgarage. Er hörte, wie sein Entführer beide Autotüren schloss.

„Weiter!", erklärte der Mann kurz angebunden. Duwe fühlte sich am linken Arm gepackt. Nach einigen Metern wurde er wieder gestoppt. Man hörte das Knarren von Türscharnieren, dann wurde es kühl.

„Jetzt kommen viele Stufen", kam die Ansage, gleichzeitig

drängte ihn sein Bewacher wieder vorwärts. Ihre Schritte hallten in einem Treppenhaus. Die Stufen wollten einfach kein Ende nehmen. Als er wieder durch eine Tür dirigiert wurde, befanden sie sich, wenn er richtig gezählt hatte, im sechsten Stockwerk. Nach wenigen Metern wurde Duwe erneut gestoppt und hörte, wie ein Schlüssel in ein Schloss gesteckt wurde. Einen Moment später wurde er durch eine Tür gedrängt. Er fühlte weichen Bodenbelag unter den Schuhen.

„Stopp!", kommandierte kurz darauf sein Entführer und ließ ihn los. Abwartend blieb Duwe stehen. Jetzt fühlte er, wie ihm die Maske vom Kopf gezogen wurde. Blinzelnd blickte er in das Licht einer Stehlampe, deren Lichtstrahl direkt auf ihn gerichtet war. Der Raum dahinter lag im Dunkeln. Soweit er sehen konnte, war das Zimmer unmöbliert. Sein Entführer stand zwei Meter schräg hinter ihm, die Schusswaffe steckte nach wie vor als stumme Drohung sichtbar im Gürtel.

„Hallo Duwe, schön, dass Sie meiner Einladung Folge geleistet haben", erklang eine raue weibliche Stimme aus dem Dunkel hinter der Lampe. „Sie müssen die Unannehmlichkeiten entschuldigen. Aber gewisse Umstände, die Sie allerdings selbst verschuldet haben, verlangen besondere Maßnahmen."

Duwe gab sich alle Mühe, den Blendstrahl des Lichtes zu durchdringen, aber vergeblich. Er hatte den Eindruck, die Stimme der Frau schon einmal gehört zu haben.

„Es wäre schön, wenn mir hier endlich mal jemand diesen Unsinn erklären würde. Ich komme mir vor wie in einem drittklassigen Krimi." Er sprach bewusst forsch und unbeeindruckt.

Es erklang ein blechernes Lachen. „Es freut mich, Duwe, dass Sie Ihren Humor nicht verloren haben. Nehmen Sie es gelassen. Betrachten Sie es einfach als neue Erfahrung, die

Dinge aus der Sicht des Opfers studieren zu können." Sie machte eine kurze Pause, dann fuhr sie fort: „Ich werde Ihnen natürlich ein paar Informationen geben, um Ihnen die Anspannung etwas zu nehmen. – Geben Sie ihm einen Stuhl!" Der letzte Satz war eine knappe Anweisung an seinen Entführer, der daraufhin einen Schritt zur Seite machte. Von irgendwoher brachte er einen Stuhl und schob ihn Duwe unsanft gegen die Kniekehlen.

„Hinsetzen!", befahl er.

Duwe plumpste auf die Sitzfläche.

„Entspannen Sie sich", kam ruhig die Stimme aus der Dunkelheit. „Sie müssen sich keine Sorgen um Ihre Gesundheit oder gar Ihr Leben machen. Dazu besteht absolut kein Anlass. Wir sind ein Interessenkreis, der verständlicherweise anonym bleiben will. Wir möchten Ihnen einige Zeit unsere Gastfreundschaft gewähren. Danach werden wir Sie unbeschädigt wieder freilassen. Alles ganz easy, Ihnen wird nichts geschehen."

„Das ist ganz klar eine Entführung!", unterbrach Duwe den Redefluss der Unbekannten, weil ihm das ganze Theater langsam gehörig auf die Nerven ging. „Was soll das? Wollen Sie Lösegeld für mich erpressen? Da haben Sie aber wirklich schlechte Karten! Mein Dispo bei der Bank ist voll ausgeschöpft."

Aus dem Dunkel kam erneut ein amüsiertes Lachen. „Der gute Duwe Golgatha, immer zu einem Späßchen aufgelegt." Nach einer kurzen Atempause fuhr sie fort: „Glauben Sie mir, Geld ist wirklich nicht der Grund unserer Einladung. Ich würde Ihre Festsetzung eher als Präventivmaßnahme bezeichnen. Sehen Sie, wir finden solche Aktionen, wie Sie sie vergangene Nacht veranstaltet haben, einfach nicht in Ordnung. Es ist nicht besonders freundlich, wenn Sie die aufwändigen Werbemaßnahmen der Wahlkämpfer in Würzburg, die ja überwiegend von jedem Einzelnen selbst finanziert werden, auf diese brachiale Weise zunichtemachen. Tut mir leid, bei allem Verständnis für Wahlkampfaktionen, das geht einfach zu weit. Und bitte, erzählen Sie mir jetzt nicht, das seien Aktivisten der *Autonomen Nichtwähler* gewesen."

Duwe zog die Augenbrauen in die Höhe. „*Autonome Nichtwähler* – was soll das denn sein?"

Die Stimme aus dem Dunkel klang leicht verärgert. „Duwe, bitte lassen Sie diese Spielereien. Sie beleidigen damit meine Intelligenz und die meiner Kollegen. Wir wissen definitiv, dass Sie hinter den Aktionen dieser angeblichen Autonomen stecken, die es als eigenständige Gruppe gar nicht gibt. Sie wollen damit nur den seriösen Wahlkampf in Würzburg stören. Sie sind der Chef dieser bedauerlicherweise zur Wahl zugelassenen *Nichtwählervereinigung Würzburg*. Diese Leute und ihre Aktionen sind von Ihnen gesteuert! Sie nehmen dies zum Anlass zu behaupten, die ANW sei gewissermaßen der extreme Arm der schweigenden Gruppe der Nichtwähler. Dabei ist das alles von Ihnen inszeniert und gelenkt!" Während ihrer Ausführungen hatte sich die Stimme der Frau stark gehoben.

Duwe Golgatha blieb stumm. Nachdem von dem Gefangenen kein weiterer Einwand kam, betrachtete die Frau im Dunkeln dies offenbar als Eingeständnis. Mit wieder verbindlicherer Tonlage fuhr sie fort: „Jetzt noch einige technische Hinweise, damit Sie Ihre Situation richtig einschätzen können und sich unnötige Kraftvergeudung ersparen.

Wir befinden uns hier im obersten Stock eines mehrstöckigen Bürohauses, das in einigen Wochen von Grund auf saniert werden soll. Das ganze Gebäude ist daher entmietet und steht leer. Es nützt also nichts, wenn Sie hier herumschreien, es wird Sie niemand hören. Wir werden Sie mit einer langen Kette fesseln, so dass Sie alle wesentlichen Bereiche in diesen Räumlichkeiten erreichen können. Tut mir leid, aber das ist bedauerlicherweise notwendig. Es stehen Ihnen ausreichend Wasservorräte und Lebensmittel zur Verfügung. Als Schlafgelegenheit können Sie sich einer bequemen Matratze bedienen. Wir haben sogar für ausreichend Lesestoff gesorgt, damit es Ihnen während Ihres Aufenthalts nicht langweilig wird."

„Wie entgegenkommend", entfuhr es Duwe. Allerdings entsprach dieser Sarkasmus nicht seinem wahren Gemütszustand. In seinem Inneren war er ziemlich geschockt. Ganz zart keimte in ihm eine Ahnung, wer hinter dieser Entführung stecken könnte. Wenn zutraf, was er vermutete, handelte es sich um eine Verzweiflungstat seiner politischen Gegner! Dies bedeutete aber, dass sie durch seine Aktionen tief getroffen waren. So tief, dass sie sogar vor einer Straftat nicht zurückschreckten? Er musste sich Gewissheit verschaffen.

„Damit kommen Sie nicht durch! Man wird mich suchen. Ich habe in der nächsten Zeit wichtige Termine …"

„Da kann ich Sie beruhigen. Ihren Terminkalender können Sie getrost vergessen. Betrachten Sie Ihren Aufenthalt hier als Erholung. Entspannen Sie sich. Wann in Ihrem Leben werden Sie je wieder solch eine Gelegenheit bekommen, die Seele baumeln zu lassen?"

Duwes Verdacht schien sich zu bestätigen. Wie es den Anschein hatte, wollte man ihn für die Dauer des restlichen Wahlkampfes aus dem Verkehr ziehen. Das war natürlich eine Ungeheuerlichkeit! Wie es schien, waren seine politischen Gegner plötzlich aufgewacht. Richtig aufgewacht.

Gelassen erklärte die Frau weiter: „Selbstverständlich wird mein Mitarbeiter hier von Zeit zu Zeit nach Ihnen sehen. Wir wollen doch nicht, dass es Ihnen an irgendetwas fehlt oder Sie gar zu Schaden kommen. Bleiben Sie also entspannt und nutzen Sie die Zeit, wie ich schon sagte, zur Kontemplation, zur inneren Einkehr. Sie werden sehen, wie entspannend dies in diesen stressigen Zeiten sein kann. Fast könnte man Sie beneiden!" Es folgte ein leises Kichern, dann trat Stille ein. Duwe hörte sich entfernende Schritte, dann fiel irgendwo eine Tür ins Schloss.

Sein Entführer trat an die Wand und es flammte eine Reihe Neonröhren auf. Den Scheinwerfer, der Duwe geblendet hatte, schaltete er aus. Jetzt konnte der Gefangene seine Umgebung erstmals richtig erkennen. Man hatte ihn offenbar in ein ehemaliges Großraumbüro gebracht. Überall im Raum verteilt waren Bodensockel für Strom und EDV-Installationen. Der Teppichboden war an den Stellen, wo vermutlich die Schreibtische gestanden hatten, abgenutzt. Jetzt war der Raum bis auf eine Matratze, zwei Stühle und drei Umzugskartons neben der Schlafgelegenheit völlig leergeräumt. Duwe schätzte den Raum auf ungefähr siebzig Quadratmeter. An einer Längsseite befanden sich vier große Fenster, deren Jalousien dicht geschlossen waren. Neben der Matratze an der einen Schmalseite führte eine halb geöffnete Tür in einen gekachelten Nebenraum, der offenbar sanitären Zwecken gedient hatte. In der Wand gegenüber dem Badezimmer erkannte er eine Tür. Vermutlich war die Frau durch diese verschwunden.

„Mitkommen!", befahl der Maskierte. Er hielt die Pistole in der einen Hand und wies mit der anderen in Richtung Matratze. Zögernd folgte Duwe seiner Anweisung. Kurz vor der Liegestatt forderte ihn der Mann auf, stehenzubleiben. Im sicheren Abstand zu seinem Gefangenen bückte er sich schnell und hob die Matratze etwas an. Mit einer zügigen Bewegung zog er eine Edelstahlkette darunter hervor, an deren

Ende sich eine Handschelle befand. Duwe machte unwillkürlich einen Schritt zurück.

„Jetzt werden wir aber nicht zickig“, knurrte sein Bewacher und klopfte mit der Hand gegen seine Waffe. „Los, den Fuß auf den Stuhl!“, verlangte er und deutete auf die Sitzgelegenheit, auf der vermutlich vorhin die unbekannte Sprecherin gesessen hatte. „Machen Sie die Fessel um den rechten Knöchel fest!“, befahl er. Duwe Golgatha stieß einen Fluch aus, dann folgte er der Anweisung. Aus der Distanz überprüfte sein Entführer durch ruckartiges Zerren an der Kette die Belastbarkeit der Fessel. Duwe zog wegen des Schmerzes heftig die Luft durch die Zähne. Der Test fiel zur Zufriedenheit des Mannes aus. Anschließend befreite er ihn von den Handfesseln.

„Die Kette lässt Ihnen so viel Spielraum, dass Sie die Toilette benutzen können. Die Spülung funktioniert, das übrige Wasser ist abgestellt“, erklärte er. „Lebensmittel befinden sich in der einen Umzugskiste, Wasser in der anderen. Im dritten Karton sind Bücher und Zeitschriften. Das Licht lasse ich brennen. Die Jalousien sind so dicht, dass kein Schimmer nach draußen dringt. Das haben wir überprüft. Es wurde Ihnen ja schon gesagt, dass das Gebäude verlassen ist. Schonen Sie also Ihre Stimme und Ihre Kräfte. Ich werde morgen wieder nach Ihnen sehen.“ Dann fiel ihm noch etwas ein. „Ach ja, geben Sie mir bitte Ihre Armbanduhr!“ Auffordernd hielt er ihm die Hand hin.

„Können Sie sich keine eigene leisten?“, knurrte Duwe, tat aber widerwillig, was man von ihm verlangte. Sein Gefängniswärter steckte sie ein, dann warf er noch einen prüfenden Blick in die Runde. Schließlich nahm er die beiden Stühle und die Stehlampe und räumte sie an die rechte Wand, so dass sie für Duwe unerreichbar waren. Anschließend verließ er wortlos den Raum. Sekunden später hörte Duwe die

Eingangstür ins Schloss fallen, und ein Schlüssel wurde im Schloss umgedreht.

Schlagartig trat bleierne Stille ein. Jetzt, wo Duwe Golgatha allein war, fiel die bisher aufrechterhaltene Maske der Gelassenheit von ihm ab. Mit hängenden Armen stand er neben der Matratze und starrte wie betäubt vor sich hin. Das war doch bestimmt nur ein Albtraum? Bestimmt würde er gleich schweißgebadet aufwachen. Er machte einen Schritt nach vorn. Das leise Klirren der Kette an seinem Fuß zeugte jedoch von der Realität dieser Szene. Vorsichtig wie ein Tier in Gefangenschaft begann er damit, die Reichweite der Kette zu erforschen. Er trat durch die Tür ins Badezimmer. Das Licht funktionierte. Es gab eine Dusche, eine Badewanne und ein Waschbecken. Hinter der Tür befand sich die Toilette. Offenbar waren die Büroräume so ausgestattet, dass man sie auch als Wohnung hätte nutzen können. Wie man ihm gesagt hatte, konnte er alle Einrichtungsgegenstände unproblematisch erreichen. Als er den Wasserhahn am Waschbecken ausprobierte, kam lediglich ein zischender Luftstrom heraus. Mit allen anderen Wasserhähnen im Raum, die er erreichen konnte, verhielt es sich ebenso. Lediglich die Wasserspülung der Toilette funktionierte. Wenigstens etwas. Hier gab es nichts, was er in irgendeiner Form als Werkzeug verwenden konnte, um seine Fußfessel zu knacken. Automatisch löschte er das Licht, als er den Raum verließ. Die Länge der Kette war so berechnet, dass er bequem die Matratze aufsuchen und die Umzugskartons erreichen konnte. Die Fenster waren für ihn unerreichbar, ebenso sämtliche Türen. Duwe kniete sich auf die Matratze und kontrollierte den Inhalt der Kartons. Es verhielt sich genau so, wie sein Entführer gesagt hatte. Er würde vorläufig weder verhungern noch verdursten müssen. Bei den Büchern lagen noch eine Decke und ein kleines Kopfkissen.

Seine Entführer waren richtige Gutmenschen, stellte er wütend fest.

So ganz langsam formte sich in seinem Kopf ein Gedanke. Die Unbekannte war gut informiert gewesen. Wie konnte das sein? Seine politischen Pläne kannte nur ein ganz enger Kreis im Führungszirkel der NWW. Gab es da möglicherweise ein Leck? Ein höchst bedrückender Gedanke! Er schüttelte den Kopf und schob den Gedanken zur Seite. Der Gegner musste woanders sitzen. Fakt war, dass er mit seiner Initiative die Parteien in Würzburg gewaltig aufgerüttelt hatte. Schon seit Jahren hatten die sogenannten etablierten Parteien die Nichtwähler nicht wirklich auf der Agenda. Man pflegte zwar eine gewisse öffentlichkeitswirksame Larmoyanz, dabei blieb es dann aber auch weitgehend. Der Zulauf, den seine Bewegung erfahren hatte, war sicher für die Etablierten ein heftiger Schock gewesen. Wenn sie wirklich hinter dieser Entführung steckten, war das eine reine Verzweiflungstat, weil ihnen die Felle davonschwammen.

Duwe verspürte plötzlich bleierne Müdigkeit. Das Adrenalin der vergangenen Stunde hatte sich verflüchtigt und die Erschöpfung von vorher kehrte verstärkt zurück. Duwe ließ sich nieder und zog langsam seine Schuhe aus. Er inspizierte die Fußfessel. Sie saß so eng, dass an ein Herausschlüpfen nicht zu denken war. Die Socken ließ er an, weil er eine schmerzliche Entzündung an der Druckstelle, wo das Metall den Knöchel umschloss, vermeiden wollte. Er faltete die Decke auf, breitete sie über sich aus und schob sich das Kissen unter den Kopf. Wenn sein Verdacht zutraf, beabsichtigte man offenbar, ihn so lange von der Bildfläche verschwinden zu lassen, bis er im Wahlkampf keine Gefahr mehr darstellte.

Die Müdigkeit lähmte langsam sein rationales Denken. Es war weit nach Mitternacht und er war vollkommen erschöpft.

Trotz der widrigen Umstände musste er jetzt erst einmal schlafen. Mit müdem Gehirn waren keine klaren Gedanken möglich. Er war Kriminalbeamter und schon aufgrund seines Berufes kein ängstlicher Mensch. Vielleicht gelang es ihm, seinen Gefangenenwärter zu überwältigen. Irgendwie würde er schon wieder aus dieser Lage herauskommen. Er schloss die Augen. Nach einiger Zeit gelang es ihm, sich zu entspannen. Die Matratze war zwar unbequem, trotzdem schlief Duwe wenig später ein.

*

Am Morgen dieses Tages gegen zehn Uhr hatte sich im *Brückenbäck* an der Alten Mainbrücke eine Handvoll Frauen und Männer getroffen – der Führungsstab der *Nichtwählervereinigung Würzburg*. Duwe Golgatha, seit Jahren prominenter Stadtrat für die *Unabhängigen Unterfranken,* hatte sich kurz vor der Kommunalwahl überraschend entschlossen, die Gruppierung zu verlassen. Wenig später tat er sich mit mehreren Gleichgesinnten zusammen und gründete die NWW. Diese Neugründung hatte natürlich in den Medien für entsprechenden Wirbel gesorgt, was Duwe Golgatha am Anfang noch förderte, indem er sich eine ganze Zeit lang allen öffentlichen Auftritten verweigerte. Die Medien rätselten, was es mit der Gründung dieser Vereinigung auf sich hatte. Als die Spannung in der Öffentlichkeit auf ihrem Höhepunkt angelangt war, gab Duwe Golgatha ein Telefoninterview, in dem er verkündete, dass die NWW angetreten sei, um gegen die vollmundigen, sich bei jeder Kommunalwahl wiederholenden Wahlversprechen der etablierten Parteien zu opponieren. Hauptziel der NWW sei es, der schweigenden Masse der Nichtwähler in der Bevölkerung eine Stimme zu verleihen. Bisher hätten Nichtwähler ihre Unzufriedenheit mit den gegebenen politischen Zuständen nur diffus dadurch geäußert, dass sie einfach nicht zur Wahl gingen. Dies sollte sich jetzt ändern. Alle Stadtratskandidaten, kritisierte er harsch, hätten die herrschende Politikverdrossenheit einer breiten Bevölkerungsschicht zwar in herzerweichenden Statements beklagt, aber im Grunde nichts dagegen unternommen. Jetzt hätten diese Unzufriedenen durch die NWW ein Forum bekommen, über das sie ihren Unwillen konkret äußern konnten. Mit Hilfe der NWW sei nun für diese Menschen eine Chance gegeben, ein Sprachrohr zu wählen, das ihren Belangen im zukünftigen Stadtrat eine Stimme verleihen würde – natürlich nur, wenn die NWW im zukünftigen Rat ausreichend Stimmen erlangen würde.

Das Programm der Gruppierung war schlicht und treffend: „*Protest gegen Stillstand und Filz im Stadtrat*". Die Gruppierung fand sofort erstaunlich großen Anklang. Innerhalb von weniger als zwei Wochen hatte die NWW die erforderlichen dreihundertfünfundachtzig Stimmen beieinander, die notwendig waren, um zur Kommunalwahl zugelassen zu werden. Ein erster Etappensieg für Duwe Golgatha. Seitdem häuften sich die Aufnahmeanträge, weil viele Menschen sich am Protest beteiligen wollten. Duwe Golgatha hatte einen Nerv getroffen.

Im *Brückenbäck* herrschte ein gehobener Geräuschpegel, so dass in diesem Stimmengewirr der vertrauliche Inhalt ihrer Gespräche untergehen würde.

Lisa, die Studentin, rührte konzentriert in ihrem Milchkaffee. „Ihr habt alle die heutige Ausgabe der *Mainpostille* gelesen? Die Aktion am Unteren Markt hat eingeschlagen wie eine Bombe! Ich schätze, das hat einigen Herrschaften im Grafeneckart den Blutdruck reichlich in die Höhe getrieben."

Walther, der Filialleiter einer bekannten Lebensmittelkette, griff in seine Jacke, holte einen größeren Zeitungsausschnitt heraus und legte ihn auf den Tisch.

„Falls einer von euch noch nicht dazu gekommen ist, heute in die *Mainpostille* zu schauen."

Der Ausschnitt zeigte ein großformatiges Foto, auf dem ein schwarzer Haufen zu erkennen war, von dem leichter Rauch aufstieg. Das Bild war offenbar in der Nacht mit Blitzlicht aufgenommen worden. Darunter die Schlagzeile: *„Der Plakatwald brennt!"*

Eva, die Übersetzerin, warf einen kurzen Blick auf den Artikel, dann meinte sie: „Das war echt super, aber jetzt sollten wir es mit solchen Krachern gut sein lassen. Ich denke, der Zeitpunkt, sich seriös auf die politische Arbeit zu konzentrieren, ist gekommen."

„Eva hat recht", pflichtete Gerhard, der Studienrat, seiner Vorrednerin bei. „Momentan sind die Menschen auf unserer Seite und nur zu gern bereit, den Protest zu unterstützen. Die Unzufriedenheit der Würzburger mit dieser Plakatflut bekam man ja überall zu hören. Wir sollten es aber nicht übertreiben. Weitere derartige Aktionen könnten sonst dazu führen, dass sich die Stimmung in der Bevölkerung gegen uns wendet."

„Was sagt Duwe dazu?" Leon, der Rechtsanwalt, versuchte sich als juristisches Gewissen der NWW und hatte in der letzten Zeit reichlich damit zu tun gehabt, die Heißsporne in der Bewegung zu bremsen. „Hat seit der Aktion jemand von euch etwas von ihm gehört? Du, Tommi?" Fragend sah er seinen Nachbarn zur Rechten an.

Tommi H., der Verleger, zuckte mit den Schultern. „Keine Ahnung. Nach der Aktion bekam ich eine SMS, dass er gut zuhause angekommen sei. Seitdem herrscht Funkstille. Er wollte eigentlich zu dieser Besprechung kommen. Vielleicht hat er verpennt oder überraschend einen beruflichen Einsatz. Bei der Kriminalpolizei ist so etwas ja nicht ungewöhnlich." Tommi H. war der Einzige in der Gruppe, der so etwas wie freundschaftlichen Kontakt zu Duwe pflegte. Er war zudem ein begabter Rhetoriker und daher als Pressesprecher vorgesehen. Außerdem managte er alle Wahlkampfaktionen.

„In dem Fall hätte er ja noch eine SMS schicken können", stellte Eva vorwurfsvoll fest. „Von uns verlangt er ja auch, dass wir zuverlässig sind."

Tommi H. zuckte mit den Schultern. Duwe Golgatha war, obwohl Beamter, in keine richtige Norm zu zwängen. Als er die NWW vor wenigen Wochen gegründet hatte, erlitten die Würzburger Parteien einen regelrechten Schock. Keiner, weder im Bund noch in den Ländern, geschweige denn in den Kommunen, war bisher auf die Idee gekommen, die überall reichlich vorhandenen Nichtwähler in einer eigenen Gruppierung zu organisieren. Nichtwähler waren Nichtwähler, weil sie nicht zum Wählen gingen. Eines war allerdings klar: Wenn es Duwe Golgatha gelang, diese Menschen so zu mobilisieren, dass sie ihr Verhalten änderten und der NWW ihre Stimme gaben, hatte diese Bewegung das Potential, in der Stadt zu einer enormen Kraft heranzuwachsen. Sie konnten einen Sturm entfachen, der in der Lage sein würde, andere Parteien einfach wegzufegen.

Ein weiterer äußerst geschickter Schachzug Duwe Golgathas bestand darin, sich bisher an keiner öffentlichen Diskussion beteiligt zu haben. Wenn man ihn befragte, erklärte er, dass er nicht seine Person in den Vordergrund stellen, sondern der NWW den Vortritt lassen wolle. Diese öffentliche Zurückhaltung und das Rätselraten über seine wahren Motive machten ihn natürlich für die Medien äußerst interessant.

Tommi H. hatte bei einem Gespräch mit Schöpf-Kelle gezielt durchsickern lassen, dass Duwe Golgatha bei der bevorstehenden Podiumsdiskussion diese Zurückhaltung aufgeben wollte. Er würde sich bei dieser Veranstaltung dann zu den konkreten Zielen der NWW und insbesondere auch seinen eigenen äußern. Die Medien lauerten auf eine Sensation!

Tommi H. zog sein Mobiltelefon aus der Hosentasche und begann zu tippen. „Jetzt macht mal keinen Stress. Wenn er es für richtig hält, wird er sich schon melden. Ich schick ihm gleich mal eine SMS.“

Eva nahm einen Schluck von ihrem Getränk, dann sagte sie: „Leute, mich würde mal etwas ganz anderes interessieren. Wie kommt Duwe eigentlich zu diesem doch etwas ungewöhnlichen Vornamen? Ich habe ihn mal gegoogelt. Es gab keine sinnvolle Erklärung. Ich wollte ihn nicht selbst fragen.“

Alle blickten zu seinem Intimus Tommi. Der sah von seinem Smartphone auf und entgegnete: „Das ist kein großes Geheimnis. Seine Eltern nannten ihn Dagobert-Uwe, wobei ich nicht weiß, wie sie auf diese bemerkenswerte Namenskonstruktion gekommen sind. Irgendwann hat ihn jemand Duwe genannt. Ist ja auch ganz originell.“ Er widmete sich wieder dem Smartphone.

Walther holte einen Tablet-PC aus seiner Umhängetasche und loggte sich ein. „Auch wenn Duwe noch nicht da ist, sollten wir beginnen und uns mit der Podiumsdiskussion im Congress-Centrum auseinandersetzen. Duwe ist sicher nicht böse, wenn wir noch einmal das Grobkonzept durchgehen. Die Inszenierung muss so perfekt klappen, dass sein Auftritt ein echter Knaller wird.“

Fakt war, dass die NWW zwar als Gruppierung zur Wahl zugelassen war, sich bisher aber noch nicht zu der Frage geäußert hatte, ob sie einen eigenen Oberbürgermeisterkandidaten aufstellen würde. Bei der Podiumsdiskussion der Kandidaten wollte man die Bombe dann platzen lassen. Duwe

Golgatha würde bei dieser Gelegenheit auf die Bühne gehen und dort seine Kandidatur für das Amt des Oberbürgermeisters bekanntgeben. Die am Tisch im *Brückenbäck* versammelten Mitstreiter waren sich sicher, dass dies endlich ordentlich Pfeffer in den Wahlkampf bringen würde. Denjenigen, die bisher über die NWW nur gespottet und gelächelt hatten, würde ihre Häme nun endgültig vergehen. Was hatten sie nicht gelästert: eine Ansammlung von Spinnern, die kein anderes Konzept vorzuweisen hatten als den Protest, kein vernünftiger Mensch, der sie ernst nehmen würde, und so weiter. Als die NWW dann in den letzten Wochen immer mehr Zulauf erhielt, schwenkte die Stimmung schnell um. Aus verschiedenen politischen Richtungen kamen diskrete Gesprächsangebote, die Duwe Golgatha aber alle durch die Bank ablehnte. Die Personen am Tisch waren sich sicher, dass mit Duwes Auftritt endlich der Schmusekurs, den die Kandidaten bisher im Umgang miteinander gepflegt hatten, vorbei sein würde. Die organisierten Nichtwähler in Würzburg würden als die starke Kraft, die sie sind, endlich ernstgenommen werden müssen! Sie alle rechneten mit einer regelrechten Schockstarre der Etablierten. Aber auch mit Kampfaktionen. Sie ahnten nicht, wie recht sie hatten.

*

Es war schon elf Uhr vorbei, als Erich Rottmann forschen Schrittes die automatische Tür der Metzgerei seines Vertrauens durchschritt. Wegen des gestrigen Feierexzesses trafen sich die Schoppenfetzer heute deutlich später zum Frühschoppen. Das Treffen deswegen ausfallen zu lassen, darauf wäre allerdings keiner der Schoppenbrüder gekommen. Da galt die Devise: Wer abends feiern kann, kann auch am nächsten Morgen weiterfeiern. Rottmann war verhältnismäßig fit, was für seine Nehmerqualitäten sprach. Der ehemalige Leiter der Würzburger Mordkommission kaufte sich eine ordentliche Portion heißen Leberkäse und eine Laugenstange. Aus Erfahrung wusste er, dass man die bei einer Feier verbrauchten Kräfte mit einer energiereichen Kost und einem kräftigenden Schluck am schnellsten regenerierte. Die Verkäuferin packte ihm den heißen Leberkäse dick in Alufolie ein, damit er den kurzen Weg zum Stammtisch auch schön heiß überstand.

Öchsle saß währenddessen mit sehnsüchtigem Blick draußen vor der Glastür und wedelte eifrig mit dem Schwanz, wodurch die Bewegungssensoren aktiviert wurden und die Tür ständig auf- und zuging. Ein Trick, den der Rüde schon lange beherrschte, war es ihm doch so möglich, bei jedem Öffnen die lieblichen Düfte in die Nase zu ziehen. Erfahrungsgemäß bekam er von seinem Menschen später ein Stück von dieser Leibspeise ab, was den Speichelfluss in seinem Maul kräftig anregte. Ständig schleckte er sich über die Nase, um nicht zu sabbern.

„Auf geht's!", rief Rottmann, als er die Metzgerei verließ, und vollzog wenige Schritte weiter elegant den Einkehrschwung in sein Stammlokal.

Die Schoppenfetzer waren noch nicht alle versammelt. Die Freunde, die bereits am Tisch saßen, zeigten allerdings eine gewisse vornehme Blässe, die bei einzelnen leicht ins Gelbliche tendierte.

„Na, meine Herren, haben wir gestern wohl etwas zu tief ins Glas geschaut?", frotzelte Rottmann, während er sich schwungvoll auf seinen Platz auf der Bank niederfallen ließ. Öchsle verschwand wie gewohnt unter seinem Gesäßbaldachin. Die beste Ausgangsposition, um seine Leberkäsportion in Empfang nehmen zu können. Auf einen Wink von Rottmann hin hatte Anni, die Bedienung, bereits den gewohnten Silvaner bestellt. Rottmann vertrat die Auffassung, dass man nach einem durchzechten Abend am nächsten Morgen mit dem gleichen Getränk weitermachen sollte, mit dem man am Abend aufgehört hatte. Eine Theorie, die er nach zahlreichen empirischen Erprobungen an sich selbst aufgestellt hatte.

Dr. Horst Ritter, ehemaliger Leiter der Würzburger Staatsanwaltschaft und Mitbegründer des Stammtisches *Die Schoppenfetzer,* winkte etwas matt ab. „Erich, du bist wirklich ein Phänomen. Ich musste mich heute sehr überwinden aufzustehen. Wie machst du das nur?"

Anni hatte mittlerweile Rottmanns Teller und Besteck gebracht. Der ehemalige Kriminalkommissar machte sich mit Bedacht an das Öffnen seines Fresspakets. „Alles Übung, Horst, alles Übung. Und Körperbeherrschung, gepaart mit einer gehörigen Portion Selbstdisziplin." Rottmann ließ ein zufriedenes Lachen hören, während er die Leberkässcheibe mit der Gabel auf den Teller zog.

„Mein Gott, ich ertrag es nicht", stöhnte Ron Schneider und wischte sich über die Stirn. Vor ihm stand ein leeres Wasserglas, dem weiße Restsubstanzen anhafteten. Offenbar hatte er sich erst mal mit einer Portion Alka-Seltzer versorgt. Rottmann hätte natürlich vor seinen Stammtischbrüdern niemals zugegeben, das er sich heute gleich nach dem Aufstehen ebenfalls ein Aspirin einverleibt hatte. Es galt schließlich, einen Ruf zu wahren!

Die Tür ihres Stammlokals öffnete sich und Xaver Marschmann kam herein. Der pensionierte Kriminalbeamte winkte seinen Stammtischbrüdern kurz zu, dann wandte er sich sofort an Anni und flüsterte ihr etwas ins Ohr. Anni sah ihn erstaunt an, dann nickte sie aber und ging zum Tresen.

„Guten Morgen, meine Herren", grüßte Marschmann und

ließ sich auf seinen Stuhl fallen. Es fehlte ihm eindeutig ein Stück von dem ihm sonst eigenen Elan. Er warf einen Blick mit einer Mischung aus Ekel und Bewunderung auf Rottmanns mittlerweile schon stark geschwundene Leberkäsportion, sagte aber nichts.

Öchsle unter der Bank machte mit einem leichten Nasenstoß auf sich aufmerksam. Rottmann seufzte und schnitt ihm einen ordentlichen Happen ab, den er hinunterreichte. Er musste den Rüden nicht zweimal bitten.

„Habt ihr von der nächtlichen Plakatverbrennungsaktion gehört? Ich habe es heute früh in den Regionalnachrichten gehört", wandte sich Horst Ritter dem aktuellen Thema zu. „Das muss passiert sein, kurz nachdem wir auf dem Heimweg über den Unteren Markt gelaufen sind."

„Was für eine Verbrennungsaktion?", fragte Marschmann nach.

„Dazu kann ich was sagen", erklärte Erich Rottmann, während er den letzten Bissen seines deftigen Frühstücks hinunterschluckte. „Ich bin ja etwas später als ihr von hier losmarschiert. Als ich gerade auf den Marktplatz eingebogen bin, hat mich so ein maskierter Kerl fast über den Haufen gerannt. Ehe ich mich versah, stand ich plötzlich vor einem lichterloh brennenden Scheiterhaufen. Offenbar war der Typ vom Marktplatz geflüchtet. Der hatte eindeutig etwas mit dem Feuer zu tun."

„Wie war das mit den Plakaten?", wollte Ron Schneider wissen.

„In den Nachrichten hieß es, Unbekannte hätten dort einen ganzen Berg Wahlplakate aufgehäuft und verbrannt", warf Horst Ritter ein.

„Kann ich nur bestätigen", ergänzte Rottmann. „Die Feuersäule stieg hoch in den Himmel. Es dauerte allerdings nur ein paar Minuten, dann raste schon die Feuerwehr heran und hat gelöscht. Die Flammen waren dann schnell aus, aber die meisten Plakate waren verbrannt. Trotzdem konnte man noch Teile von Gesichtern und Wahlslogans erkennen."

„Wer macht denn so etwas?", wunderte sich Xaver Marschmann, dem Anni mittlerweile zur Verwunderung seiner Schoppenbrüder eine Tasse schwarzen Kaffee serviert hatte. Marschmann zuckte nur mit den Schultern und nahm gleich einen ordentlichen Schluck.

„Während ich noch dort herumstand, kam dieser Schöpf-Kelle von der *Mainpostille* und schoss Bilder. Er hat mir dann ein Buchstabenkürzel gezeigt, das mit Farbe an den Obelisken gesprüht worden war. Anscheinend von den Tätern. Schöpf-Kelle meinte, dass es sich um eine Aktion der *Autonomen Nichtwähler* handeln würde."

„Über diese Aktivisten wird ja in ganz Würzburg gesprochen", erklärte Horst Ritter. „Es standen schon mehrmals Berichte über sie in der Zeitung. In der Nichtwählerschaft in Würzburg gärt es anscheinend heftig. Der Ärger begann eigentlich damit, dass die Parteien und Gruppierungen gleich am ersten Tag der Plakatierungserlaubnis die Stadt mit Postern zupflasterten. Fast keiner hat sich an die bestehenden Regeln gehalten. Da haben sich einige Unzufriedene zusammengetan und zur Selbsthilfe gegriffen."

„Zwar nicht legal, aber verständlich", erklärte Xaver Marschmann. „Ich kann diese permanenten Grinsegesichter auch nicht mehr sehen. Von den einfallslosen Slogans, die hier in die Welt hinausposaunt werden, gar nicht zu sprechen."

„Aber deshalb gleich ein Scheiterhaufen auf dem Marktplatz? Wir sind doch nicht mehr im Mittelalter!" Ron Schneider schüttelte verständnislos den Kopf. „Da hätte weiß Gott was passieren können."

„Na ja, aber auf der anderen Seite ist es doch gut, wenn sich die Wahlverweigerer mal zu Wort melden. Viele gehen ja nur deshalb nicht zur Wahlurne, weil sie verunsichert sind und keine Perspektive sehen. Diese NWW, die in der letzten Zeit immer mehr von sich Reden macht, spricht doch vielen Bürgern aus dem Herzen. Wenn mehr als die Hälfte aller Wähler kein Interesse an ihrer Stadt hat, ist das doch ein erschütterndes Ergebnis! Stell dir einmal vor, es verstünde jemand, diese Unzufriedenen zu organisieren. Ich bin mir sicher, dass einigen Herrschaften auf den Plakaten das Lachen vergehen würde."

„Am Montag, den 10. März, wenige Tage vor der Wahl, ist doch die große Podiumsdiskussion der Oberbürgermeisterkandidatin und der vier männlichen Kandidaten im großen Saal des Congress Centrums, die im Regionalfernsehen und im Radio übertragen wird", warf Rottmann ein. „Wie man hört, will sich die NWW diese Gelegenheit nicht entgehen lassen und dort ebenfalls auftreten. Da liegt vielleicht eine Sensation in der Luft! Ich werde sicher auch hingehen."

Die Diskussion der Schoppenfreunde dauerte noch geraume Zeit fort und wurde mitunter recht hitzig. Plötzlich war nichts mehr von der eingangs herrschenden Schlappheit zu bemerken. Als sie schließlich auseinandergingen, war es bereits früher Nachmittag.

Rottmann machte mit Öchsle einen ausgiebigen Spaziergang am Main entlang, wo sich an der frischen Luft die letzten Geister der gestrigen Feier verflüchtigten.

Als Rottmann eine Stunde später in Richtung Rosengasse marschierte, hörte er kurz vor seiner Haustür Rufe vom obersten Stockwerk des Nachbarhauses.

„Juhu, Erich", kam es aus der Höhe. Rottmann legte seinen

Kopf in den Nacken und sah nach oben. Der Exkommissar wusste genau, wer hier nach ihm rief. Tatsächlich stand Elvira Stark am Fenster ihrer Eigentumswohnung und winkte herunter. „Ach, Erich, schön, dass ich dich sehe", rief sie. „Könntest du auf einen Sprung zu mir hochkommen, ich benötige dringend deinen Rat."

„Was hat sie denn jetzt schon wieder", grantelte Rottmann so leise in seinen Bart, dass sie es nicht hören konnte. Eigentlich hatte er jetzt für ein Stündchen seine Couch besuchen wollen. Das war der Nachteil, wenn eine ... wie immer man sie auch bezeichnen wollte, in der unmittelbaren Nachbarschaft wohnte. Rottmann wusste nie genau, wie er sein Verhältnis zu Elvira beschreiben sollte. Jetzt versuchte seine Jugendliebe schon seit Jahren mit nimmermüder Zielstrebigkeit, ihre ehemalige Liebesbeziehung wieder aufblühen zu lassen. Erich Rottmann verteidigte dabei seine Junggesellenburg mit einer ebenbürtigen Zähigkeit. Dabei war Elvira sicher eine äußerst respektable Erscheinung, wegen der Erich in einer seiner schwächeren Stunden schon mal einen zweiten Blick riskierte. Elvira war tatsächlich ausgesprochen ansehnlich und immer hilfsbereit, da konnte er wirklich nicht meckern. Sie waren sich ja auch schon mehrfach körperlich irgendwie näher gekommen, aber so richtig geklappt hatte es, sehr zu Elviras Leidwesen, bis jetzt noch nie. Er sollte gelegentlich seinem Schutzengel eine Kerze auf dem Käppele spenden.

Rottmann schob diese Gedanken beiseite und ging auf Elviras Haustür zu. Ehe er die Klingel betätigen konnte, surrte bereits der Türöffner. Öchsle hüpfte an seinem Menschen vorbei in den Hausflur und war in Null Komma nichts einen Absatz höher, wo er stehen blieb und hechelnd auf sein Herrchen wartete. Rottmann zeigte wenig Begeisterung, sein stattliches Körpergewicht in den vierten Stock wuchten zu müssen. Da hatte es der Rüde mit Vierradantrieb wesentlich leichter. Öchsle mochte Elvira ausgesprochen gern. Er hätte gegen eine nähere Verbindung der beiden nichts einzuwenden gehabt. Wobei ihm in erster Linie die Leckerli aus Elviras Speisekammer im Hirn herumspukten. Insofern war Öchsle absolut bestechlich. Endlich hatte Rottmann den obersten Stock erklommen. Einen Moment atmete er durch, während Öchsle bereits die angelehnte Wohnungstür aufgestoßen hatte und in die Wohnung gestürmt war.

„Hallo Erich", rief Elvira und kam aus der Küche in den Flur, „das ist ganz lieb von dir, dass du dir die Zeit nimmst. Komm doch herein." Sie wies in Richtung Wohnzimmer.

Etwas zögerlich betrat Rottmann den Raum, mit dem ihn allerhand zwiespältige Gefühle verbanden. Im Augenblick war die Gefahr aber nicht so groß, da, wie er wusste, Elvira demnächst zum Dienst musste. Sie war seit über fünfundzwanzig Jahren Reinemachefrau auf der Chefetage des Rathauses und somit in einer sehr verantwortungsvollen Position. Ihre Arbeit begann, wenn die anderen Behördenmitarbeiter sich auf den Heimweg machten.

„Erich", bat sie, „nimm doch bitte kurz Platz. Viel Zeit habe ich leider nicht, weil ich gleich ins Rathaus muss. Aber da ist etwas, worüber ich mit dir sprechen möchte."

Rottmann nickte und setzte sich auf die Kante des angebotenen Stuhles. „Wo drückt denn der Schuh?"

Öchsle zeigte sich ungewöhnlich unruhig, obwohl er gleich nach seiner Ankunft in der Küche ein Wienerchen abgestaubt hatte. Nervös trippelte er durch die Wohnung und sog hörbar die Luft ein. Rottmann ging die Unruhe des Rüden auf die Nerven, deshalb schimpfte er: „Öchsle, jetzt gib halt mal Ruhe!"

Öchsle seufzte leise, dann legte er sich unter den Tisch.

„Erich", fiel Elvira mit der Tür in Haus, „ich sag's grad heraus: Ich habe zwei Möpse!"

Rottmann, der bisher ganz entspannt dagesessen hatte, zuckte leicht zusammen und setzte sich kerzengerade auf. Da Elvira aber eindeutig auf eine Reaktion von ihm wartete, konnte er diese Aussage nicht unkommentiert so stehen lassen.

„Aha … ja …" – Pause – „Ja, das ist mir auch schon … wie soll ich sagen … irgendwie … aufgefallen. – Also, was ich eigentlich sagen will …" Er zuckte mit den Schultern und verstummte.

Elvira sah ihr Gegenüber verwundert an. Sie konnte offenbar überhaupt nicht nachvollziehen, wieso Erich Rottmann so herumeierte. Als sie jedoch seinen unsteten Blick bemerkte, der verzweifelt nach einem Fixpunkt im Raum suchte, der weit außerhalb ihrer körperlichen Sphäre lag, fiel auch bei ihr der Groschen.

„Ach Gott", ächzte sie nur und verdrehte die Augen. Dabei zog eine feine Röte über ihre Wangen. „Mannsbilder! Erich, was du schon wieder denkst!" Schließlich musste sie doch lachen, weil Erich Rottmann total ertappt dreinschaute.

„Erich, ich werde es dir erklären." Sie musste schon wieder lachen, dann fuhr sie fort: „Meine Kollegin Mathilde Neugebauer aus dem Rathaus muss sich einer Halluxoperation am großen Zeh unterziehen. Das ist keine große Sache, aber sie wird ein paar Tage im Krankenhaus liegen müssen und dann einige Zeit nicht richtig laufen können. Der Punkt ist, Mathilde hat zwei Hunde, Möpse, Rosi und Lara, und niemanden, der während ihres Krankenhausaufenthaltes auf die beiden Hunde aufpasst. Da hat sie mich gefragt, ob ich die beiden nicht für die kurze Zeit zu mir nehmen könnte."

Elvira ließ die Aussage im Raum stehen und wartete auf Rottmanns Reaktion.

„So so", murmelte er kurz. Dann kam nichts mehr.

Nach einer kurzen Pause fragte Elvira etwas pikiert: „Ist das alles, was du dazu zu sagen hast? Hast du mir überhaupt zugehört?"

„Natürlich habe ich dir zugehört. Aber was soll ich denn dazu sagen? Im Übrigen hast du mir doch gar keine Frage gestellt, oder?"

„Na, das ist doch logisch, wenn ich dir das alles erzähle, will ich wissen, was du davon hältst und ob du meinst, dass ich das leisten kann. Du bist heute wieder ausgesprochen gesprächig!"

Für Rottmann war das zwar nicht ganz so logisch, aber er hatte sich ja schon öfters mit indirekten Botschaften der holden Weiblichkeit im Allgemeinen und Elviras im Besonderen auseinandersetzen müssen. Er würde nie verstehen, dass Frauen gelegentlich das eine sagten, aber in Wirklichkeit etwas ganz anderes meinten.

„Hat die Frau denn sonst niemanden, der auf ihre beiden Möp… ich meine, ihre Hunde, aufpasst?

Elvira schüttelte den Kopf. „Sie ist alleinstehend. Die Hundchen sind ihre ganze Familie. Die beiden wären völlig unkompliziert, ganz brav und leicht zu halten …"

„… und wollen nur spielen", vollendete Rottmann den Satz. „Das kennt man ja."

„Ich kann das der guten Frau nicht abschlagen", warf Elvira mit betrübter Miene ein. „Wenn die Möpse während der Zeit ins Tierheim müssten, hätte sie im Krankenhaus keine ruhige Minute. Die beiden sind, wie sie mir sagte, sehr sensibel."

„Na ja, dann ist die Sache doch eigentlich schon geklärt und du hast dich entschieden. Was machst du aber mit den beiden in der Zeit, in der du arbeiten musst? Womöglich jaulen sie die ganze Nachbarschaft zusammen."

„Hm, Erich, begreif es doch, das ist es eigentlich, was ich dich gern fragen wollte."

Erich Rottmann stellte die Lauscher auf. Jetzt kam es! Er hatte sich schon gedacht, dass es mit ein paar harmlosen Ratschlägen nicht getan war. Innerlich wappnete er sich.

„Angenommen, die beiden Hundchen fühlen sich bei mir verlassen und haben Heimweh nach ihrem Frauchen, dann kann ich sie doch nachmittags nicht auch noch allein lassen, wenn ich zur Arbeit muss. Dann drehen die beiden doch völlig durch." Sie atmete tief durch. Die Sorge stand ihr ins Gesicht geschrieben.

Jetzt kommt sie auf des Pudels Kern, dachte Rottmann und musste innerlich etwas über diese Metapher schmunzeln.

„Könntest du denn in Ausnahmefällen, also nur, wenn es unbedingt notwendig ist, mal zu den beiden rüberschauen? Es sind wirklich zwei ganz herzige Hunde … und Öchsle wird sich ganz bestimmt mit den beiden Hundedamen ausgezeichnet verstehen."

Sie sah Erich Rottmann bittend an.

Das war wieder einmal so eine Situation, in der man als Mann eigentlich nur alles falsch machen konnte. Er setzte sich zurück und räusperte sich. Auch die Zeitspanne zwischen ihrer Frage und seiner Antwort durfte auf keinen Fall zu lange sein, damit sie von ihr nicht als Verweigerung gewertet wurde.

„Nun, da, denke ich, wird es keine Schwierigkeiten geben. Ich weiß ja, wenn du weggehst. Du gibst mir halt deinen Wohnungsschlüssel und ich schau mal rüber."

„Ach Erich, du bist wirklich ein Schatz!", freute sich Elvira. „Da fällt mir ein riesiger Stein vom Herzen." Ehe er sich versah, beugte sie sich vor und drückte ihm voller Begeisterung einen ordentlichen Schmatz auf die bärtige Wange.

„Na ja, jetzt mach's mal halblang", brummelte Rottmann etwas verlegen und wischte sich dezent über den Bart. „Du hast ja auch schon oft auf Öchsle aufgepasst, wenn ich mal verhindert war. Der Umgang mit zwei Möpsen kann ja nicht so schwierig sein." Innerlich verfluchte er den Begründer dieser Hunderasse. Der hätte sich ja wirklich einen anderen Namen einfallen lassen können …

„Ja, dann will ich die beiden einmal rauslassen. Du wirst sehen, sie sind ganz lieb", erklärte Elvira und erhob sich.

Rottmann runzelte die Stirn. Offenbar waren die beiden schon da! Elvira öffnete die Schlafzimmertür. Sie warf einen Blick in den Raum, dann hörte Rottmann nur „Oh du meine Güte!" und Elvira stürmte ins Schlafzimmer. „Wollt ihr wohl sofort von meinem Bett runter!" Er hörte Geräusche, als würde auf das Federbett geklopft, dann erschienen die rundlichen Gesichter zweier Möpse im Türrahmen und blickten munter ins Zimmer. Mit schiefgelegtem Kopf musterten sie Öchsle. Rottmann war uninteressant. Der Rüde war schlagartig völlig von der Rolle. Wie von der Tarantel gestochen sprang er auf und stand nun mit aufgerichteter Rute mitten im Zimmer. Mehr wagte er allerdings nicht. Was sollte er mit der plötzlich im Doppelpack aufgetauchten Weiblichkeit anfangen?

Elvira kam erbost hinter den beiden her. „Stell dir vor", schimpfte sie, „die beiden Damen haben es sich mit der größten Selbstverständlichkeit der Welt mitten auf meinem Bett gemütlich gemacht! Das werde ich ihnen aber sofort austreiben! Wo gibt's denn so was?!"

„Wahrscheinlich dürfen sie das bei ihrem Frauchen machen", vermutete Rottmann und musste grinsen.

„Aber nicht bei mir!" Das war eine klare Ansage.

Öchsle näherte sich vorsichtig den beiden Hündinnen, die den Rüden ausgesprochen distanziert betrachteten. Als er sie mit angelegten Ohren beschnüffeln wollte, bekam er im Doppelpack ein leises, aber eindeutiges Knurren zu hören. Ohne Öchsle weiter zu beachten, kamen sie zu Rottmann getrippelt und drückten sich an seine Beine.

„Na, wenn das nicht Sympathie auf den ersten Blick ist", stellte Elvira zufrieden fest, während sie die Schlafzimmertür schloss. „Das ist super, Erich", fuhr sie fort, „dann kann ich dir die beiden ja gleich mal anvertrauen. Es ist Zeit, ich muss leider ins Rathaus. Das macht dir doch nichts aus, oder?"

Dass Letzteres eine rein rhetorische Frage war, merkte er daran, dass sich Elvira sofort ihre Handtasche schnappte und zur Tür ging.

Erich Rottmann war vollkommen überrumpelt. „Äh … Elvira … eigentlich …"

„Herzlichen Dank, Erich. Ich werde mich auch beeilen, damit ich dich nicht unnötig lange aufhalte. Wenn du etwas benötigst, du weißt ja, wo der Kühlschrank steht." Sie winkte, zwitscherte ein „Tschüs", dann schlug die Wohnungstür zu. Rottmann saß da und betrachtete mit hochgezogener Stirn die beiden Möpse, die es sich zwischen seinen Füßen bequem gemacht hatten. Öchsle nahm betrübt zur Kenntnis, dass sein Mensch von der holden Weiblichkeit in Beschlag genommen wurde, und legte sich leicht resigniert ein Stück entfernt nieder. Sehr glücklich sah er dabei nicht aus.

Wenn Erich Rottmann ehrlich war, fühlte er sich über den Tisch gezogen. Auf der anderen Seite verstand er natürlich, dass Elvira gern ihrer Kollegin helfen wollte. Ihn bewegte aber noch ein anderes Problem: Was würden seine Stammtischbrüder sagen, wenn er ihnen erzählte, dass er bei Elvira auf zwei Möpse aufpassen musste. Er konnte sich ihre feixenden

Gesichter bildlich vorstellen. Der ehemalige Kriminalkommissar seufzte leise, dann erhob er sich und ging in die Küche. Bestimmt hatte Elvira einen Bocksbeutel im Kühlschrank stehen. Rosi und Lara sahen ihm neugierig nach. Schließlich erhoben sie sich und trippelten ihm einträchtig hinterher.

Rottmanns Ziel war auch das ihre, nur mit einer anderen Motivation. Möpse waren ausgesprochen intelligente Hunde und eine der ersten Lektionen, die sich ihnen schon in ihrer frühesten Jugend ins Gedächtnis einbrannten, war die Tatsache, dass diese komischen großen Hunde, die sich gegen jede normale Hundenatur auf den Hinterbeinen stehend fortbewegten, wussten, wie man eine Kühlschranktür öffnete. Für Hunde war ein Kühlschrank der Inbegriff des Fressparadieses. Und sicher einer der wesentlichen Gründe, warum diese Vierbeiner mit absoluter Loyalität zu ihren Menschen standen. Rosi und Lara bildeten dabei keine Ausnahme. Mit hechelnder Zunge waren sie bereit, sich mit dem Inhalt dieses Wunderschrankes bestechen zu lassen. Ein, zwei Pfündchen auf den Hüften konnten sie noch vertragen.

Als Erich Rottmann dem Kühlschrank aber lediglich eine dunkelgrüne, komisch geformte Flasche entnahm, machten sie ihrer Enttäuschung durch lautes Kläffen Luft.

*

Der Verleger Tommi H. saß in seinem Büro am Schreibtisch, hatte seinen bequemen Sessel in eine fast waagerechte Stellung gebracht und die Augen geschlossen. Es war halb elf, Zeit für seine übliche kreative Pause. Während dieser rituellen Unterbrechung seines stressigen Alltags nahm er täglich zunächst eine Tasse Kaffee und ein Butterhörnchen zu sich, um anschließend die Füße hochzulegen und die Augen zu schließen. Ein Außenstehender, der von dem aufreibenden

Beruf eines Verlegers keine Ahnung hatte, hätte vielleicht angenommen, Tommi H. würde den Büroschlaf pflegen, aber das war natürlich mitnichten der Fall. Sein ruheloser Geist arbeitete speziell in diesen Minuten auf Hochtouren. Seine Mitarbeiterinnen versuchten in dieser Zeit möglichst leise zu sein, um den Chef nicht zu stören. Jedwede Art von Telefonaten und Störungen wurden von ihm ferngehalten. Was in dieser Zeit selbstverständlich überhaupt nicht ging, war das Vorlassen von Besuchern.

Als Tommi H. gerade jenen Punkt der Tiefenentspannung seiner transzendentalen Meditation erreicht hatte, in dem sich sein Geist ein Stück weit von der Last seines übergewichtigen Körpers befreit hatte, schrillte mit gnadenloser Trivialität die Türglocke und kappte brutal Tommis geniale Gedankenkompositionen. Seine Augenlider zuckten nach oben und sein Blick fokussierte das an der gegenüberliegenden Wand hängende Wahlplakat von Duwe Golgatha, der ihm schon seit Wochen sein strahlendes Lachen schenkte.

„Verdammt!", stieß Tommi H. verärgert hervor, ließ seine Füße vom Schreibtisch fallen und glitt in eine aufrechte Sitzposition.

Die Mitarbeiterinnen im danebenliegenden Büro zuckten zusammen und warfen sich gegenseitig beunruhigte Blicke zu. Welche von ihnen hatte vergessen die Türklingel abzustellen? In diesem Augenblick schrillte die Glocke erneut.

„Vielleicht ist mal jemand von den Damen so freundlich …!", knurrte Tommi H. und fuhr sich ordnend durch den schütteren Haarwuchs. Eine der Frauen betätigte eilig den Türöffner.

Der blonde, hochgewachsene Mann, der ein paar Minuten später durch die Eingangstür der Büroräume trat, verschlug der an der Tür stehenden Mitarbeiterin kurzfristig den Atem.

Seine Körpergröße von gut einem Meter neunzig nötigte die junge Frau, ihren Kopf in den Nacken zu legen.

„Ja … bitte?“, stotterte sie.

Er verzog sein Gesicht zu einem freundlichen Lächeln, das eine Reihe makelloser Zähne freilegte, und blitzte sie mit seinen blauen Augen an. Selbstverständlich hatte er seine Wirkung auf die Frau nicht übersehen.

„Mein Name ist Nils Andersson. Ich möchte gern zu Herrn Tommi H. Ich habe keinen Termin, aber es wäre wichtig. Vielleicht kann der Herr Verleger einige Minuten für mich erübrigen.“ Sein schwedischer Akzent wirkte sehr sympathisch.

„Einen Moment bitte“, erklärte die Mitarbeiterin und verschwand im Büro ihres Chefs. Eine Minute später kam sie wieder heraus. „Bitte schön“, sagte sie freundlich und wies auf die offene Tür. Der Besucher trat ein. Einen Augenblick später berichtete sie ihren Kolleginnen, dass sie soeben eine Art nordischen George Clooney zum Chef vorgelassen hatte. Ihrer Meinung nach war er im Vergleich zu Tommi H. ein extremes Kontrastprogramm, somit ein Lichtblick im tristen Büroalltag.

Tommi H. und Nils Andersson gaben sich die Hand, wobei sie sich kurz vorstellten.

„Was kann ich für Sie tun, Herr Andersson?“, fragte der Verleger und bot dem Mann einen Platz am Besprechungstisch an. Dabei taxierte Tommi H. den Mann blitzschnell. Kein Vertreter, das war klar. Womöglich ein Autor, der ihm ein Manuskript anbieten wollte?

„Vielen Dank für Ihre Zeit“, gab Andersson zurück, dabei fixierte er seinerseits den Verleger und kam gleich zur Sache. „Wie ich in Erfahrung bringen konnte, sind Sie der Wahlkampfmanager der *Nichtwählervereinigung Würzburg.*“

Aha, dachte Tommi H., aus dieser Richtung weht der Wind. Er schloss die Verbindungstür zum Büro seiner Mitarbeiterinnen und setzte sich seinem Besucher gegenüber an den Besprechungstisch.

„Das ist korrekt, Herr Andersson.“ Tommi H. war plötzlich sehr wachsam. Irgendwie hatte er das Gefühl, dass sein Besucher ihm Ärger bereiten würde.

„Der Vorsitzende Ihrer Gruppierung ist Duwe Golgatha“, fuhr der Mann fort und wies dabei auf das Plakat an der Wand. Das war keine Frage, sondern eine Feststellung. Tommi H. nickte zustimmend.

„Nun, ich bin seit kurzem in Würzburg und hätte Herrn Golgatha gern in einer familiären Angelegenheit gesprochen. Leider ist es mir nicht gelungen, herauszufinden, wo ich Herrn Golgatha treffen kann. Er scheint im Augenblick … wie sagt man bei Ihnen … von der Bildfläche verschwunden zu sein. Mir wurde dann der Tipp gegeben, mich mit Ihnen in Verbindung zu setzen. Können Sie mir weiterhelfen?“

Tommi H. nickte. „Das ist grundsätzlich richtig. Wie Sie aber vielleicht wissen, befinden wir uns in Würzburg in der heißen Phase des Kommunalwahlkampfes. Herr Golgatha hat sich zurückgezogen, um sich auf eine wichtige Wahlveranstaltung vorzubereiten. Dabei darf er nicht gestört werden. Hierfür bitte ich um Verständnis.“ Tommi H. beugte sich leicht nach vorn. „Ich bin der Vertraute von Duwe. Wenn es etwas zu besprechen gibt, können Sie das gern mit mir tun. Ich werde es ihm dann bei passender Gelegenheit weitergeben.“

Nils Andersson überlegte einen Augenblick. „Das genügt mir nicht. Um Ihnen dies zu erläutern, muss ich etwas ausholen. Meine Familie lebt seit fast einhundertfünfzig Jahren mit einem Makel, der schon seit Generationen auf uns lastet. Sie müssen wissen: Wir Anderssons sind sehr stolze Menschen. Vorfahren von uns haben schon unter König Gustav Adolf gedient. Das dunkle Geheimnis lastet schwer auf unserer Familienehre, die in jüngster Zeit durch aktuelle Entwicklungen in dieser Stadt erneut belastet wird. Ich bin hier, um diesen dunklen Fleck zu tilgen."

„Gut und schön", gab Tommi H. etwas ungeduldig zurück, weil der Mann für ihn noch immer in Rätseln sprach, „aber was hat Duwe Golgatha damit zu schaffen?"

Nils Andersson schwieg einen Moment und fixierte das Plakatgesicht von Duwe Golgatha, schließlich fuhr er fort: „Okay, ich werde Ihnen die Geschichte erzählen. Sie werden dann sehen, dass es für Herrn Golgatha besser ist, wenn er mit mir spricht. Ansonsten werde ich dafür sorgen, dass er seine politischen Ambitionen vergessen kann." Beim letzten Satz hatte die Stimme des Mannes jegliche Freundlichkeit verloren. Er lehnte sich zurück, dann sprach er weiter. Tommi H. hörte seinem Besucher immer betroffener zu. Nach knapp zehn Minuten schloss Nils Andersson: „Ich hoffe, ich konnte Sie überzeugen, Herrn Golgatha zu bitten, mit mir zu sprechen. Strapazieren Sie aber bitte nicht meine Geduld, weil ich mich sonst an die Presse wenden werde." Nils Andersson erhob sich. „Ich möchte Sie nun nicht länger von Ihren Geschäften abhalten. Wenn ich bis übermorgen zwölf Uhr von Herrn Golgatha keine Nachricht habe …" Den Rest des Satzes ließ er offen. Dann legte er eine Visitenkarte auf den Tisch. Eine Mobiltelefonnummer war unterstrichen. „Über diese Nummer können Sie mich jederzeit erreichen."

Äußerlich beherrscht, aber innerlich aufgewühlt, versprach Tommi H., mit Duwe Golgatha zu sprechen. Bis dahin bat er seinen Besucher, nichts zu unternehmen. Das sagte Andersson zu. Der Verleger brachte ihn zur Tür.

Im Büro zurück, ließ sich er sich in seinen Sessel fallen, verschränkte die Hände hinter seinem Kopf und schrie ein „So eine verdammte Scheiße!" in den Raum.

Umgehend ging die Verbindungstür auf und seine Mitarbeiterinnen streckten neugierig den Kopf herein. Wie von der Tarantel gestochen fuhr Tommi H. herum und brüllte: „Hab ich Sie gerufen? Tür zu! Keine Störungen!“ Erschrocken zogen die Frauen die Tür zu. So wütend hatten sie ihren Chef nicht mehr erlebt, seit ihm vor Jahren seine erotische Filmesammlung bei einem Einbruch in seine Wohnung gestohlen worden war.

Der Verleger erhob sich und begann eine unruhige Wanderung durch sein Büro. Der Inhalt des Gesprächs mit dem Schweden war hochexplosiv. Falls das alles stimmte und der Bursche damit an die Presse ging, würde der bisher makellose Ruf Duwe Golgathas empfindlich erschüttert werden und gäbe den Haien aus den anderen Parteien beste Angriffsmöglichkeiten.

Dabei dachte Tommi H. natürlich auch an seine eigenen Ambitionen. Schon lange hatte er als kühl denkender Wahlstratege erkannt, welch politisches Potential hinter dem Erfolg stand, Nichtwähler zu aktivieren. Wenn die NWW in Würzburg erfolgreich Fuß fassen konnte, wäre nach seinen Vorstellungen das nächste Ziel, auf Landesebene ebensolche Erfolge zu feiern. Mit Duwe Golgatha als charismatischer Galionsfigur dieser Bewegung und den daraus resultierenden Mehrheiten wäre der Griff nach der Regierungsbank eine durchaus reale Option. Hierbei sah Tommi H. große Möglichkeiten auch für sich und seine persönliche Karriere. Er hatte nicht vor, hier in diesem Büro zu versauern. Dazu war er einfach zu genial! Seinem Verstand war die Idee mit den randalierenden *Autonomen Nichtwählern* entsprungen. Nicht ganz legal, aber wirksam! Die Plakatverbrennung ging ebenfalls auf sein Konto. Wenn man etwas erreichen wollte, durfte man nicht zimperlich sein! Hatte man erst einmal das Land erobert, wäre der Schritt nach Berlin einfach eine logische Konsequenz. Die Bundesrepublik hatte Millionen von Nichtwählern, die man aktivieren musste. Eine solche Bewegung konnte bei richtiger Lenkung einen politischen Tsunami erzeugen, der Duwe Golgatha an die Spitze dieser Republik tragen würde. Und mit ihm auch ihn, Tommi H.

Tommi H. riss sich mit Gewalt aus seinen Tagträumen. Er musste zurück auf den Boden der Tatsachen! Hier standen nach dem soeben geführten Gespräch die Zeichen auf Sturm! Wenn er Duwe nicht bald erreichte, konnte die Angelegenheit ziemlich in die Hose gehen. Verdammt, es war zum Auswachsen, wenn er nur wüsste, wo sich Duwe Golgatha herumtrieb. Der rücksichtslose Individualismus dieses Mannes ging ihm manchmal gehörig auf die Nerven. Er musste ihn sofort sprechen. Wenn dieser Nils Andersson nicht gestoppt wurde …! Tommi H. griff zum Telefon und wäglte Duwe Golgathas Handynummer. Nur die Mailbox! Nach kurzer Überlegung rief er die Führungsmitglieder der NWW an und bat, in zwei Stunden zu einem Krisengespräch in die *Weinstube Johanniterbäck* zu kommen.

Alle Verantwortlichen waren pünktlich da. Sie verzogen sich in das Hinterzimmer, das jetzt am Vormittag leer war, so dass sie sich ungestört unterhalten konnten. Nachdem sie mit Getränken versorgt waren, berichtete Tommi H. seinen Mitstreitern von dem Gespräch mit Nils Andersson. Als er endete, trat betroffenes Schweigen ein.

Schließlich fragte Eva erregt: „Kann mir einer sagen, was Duwe im Augenblick treibt? Hier ist die Kacke am Dampfen und er macht sich unsichtbar."

Walther, Lisa und Leon zuckten mit den Schultern, dabei sahen sie Tommi fragend an.

„Ich habe euch ja schon gesagt, dass ich keine Ahnung

habe, was er macht. Er geht an kein Handy, zuhause ist er auch nicht zu erreichen. Fast könnte man meinen, er ist nach der Aktion auf dem Unteren Markt in der Versenkung verschwunden."

Nach einer kurzen Schweigepause ergriff Leon, der Rechtsanwalt, das Wort: „Habt ihr schon einmal darüber nachgedacht, dass ihm vielleicht etwas zugestoßen sein könnte? Vielleicht sollten wir jemand beauftragen, nach ihm zu suchen."

„Wer sollte das denn sein?", entgegnete Tommi H. abweisend. „Sobald irgendwie publik würde, dass Duwe Golgatha von uns gesucht wird, haben wir die Presse am Hals. Für diesen Schöpf-Kelle wäre das doch ein gefundenes Fressen!"

„Es müsste halt diskret geschehen. Wie wär's mit einem Privatdetektiv?", schlug Walther vor.

„Mein Gott, wir sollten uns wirklich nicht verrückt machen. Duwe taucht schon wieder auf. Es wäre ja nicht das erste Mal, dass er sich eine Auszeit nimmt." Lisa teilte die Sorge der anderen nicht.

„Ich kenne keine Privatdetektei in Würzburg. Aber ich habe da von einem ehemaligen Kriminalbeamten gehört", verfolgte Leon seinen Gedanken weiter, „der schon in anderen Fällen als privater Ermittler gearbeitet hat. Er war mit seinen Erfolgen schon des Öfteren in der Zeitung."

„Du meinst doch nicht etwa diesen alten Kriminaler, der immer mit so einem verrupften Straßenköter unterwegs ist?", meinte Tommi H. etwas abfällig. „Wie heißt der Bursche doch gleich wieder … Schrottmann oder Protzmann oder so ähnlich? Was soll der schon bringen?"

„Er heißt Erich Rottmann und ist der ehemalige Leiter der Würzburger Mordkommission, also durchaus eine honorige Persönlichkeit", stellte Leon mit einem ärgerlichen Seitenblick auf Tommi klar. „Soweit ich gehört habe, ist der Mann kompetent, zuverlässig und vor allen Dingen diskret. Meines Erachtens haben wir nicht viele Auswahlmöglichkeiten. – Seid ihr damit einverstanden, wenn ich ihn einmal in unserer Angelegenheit anspreche?"

Die Runde diskutierte noch einen Augenblick, dann erhielt Leon den Auftrag, Erich Rottmann zu bitten, eiligst, aber diskret nach dem Verbleib von Duwe Golgatha zu forschen. Der Rechtsanwalt sollte nur so viele Informationen an den ehemaligen Kriminalbeamten weitergeben, wie er unbedingt für die Erledigung seines Auftrags benötigte.

Leon verließ den *Johanniterbäck* und eilte in die Domstraße zu seiner Kanzlei. Sofort rief er seine Sekretärin zu sich.

„Frau Schickedanz, bitte rufen Sie im *Weinhaus Maulaffenbäck* an und erkundigen Sie sich nach einem Erich Rottmann. Nach meiner Kenntnis verkehrt er dort regelmäßig. Ich möchte gern wissen, wann ich Herrn Rottmann dort antreffen kann."

Frau Schickedanz setzte sich sofort ans Telefon. Fünf Minuten später teilte sie ihrem Chef mit, dass Erich Rottmann üblicherweise ab neunzehn Uhr am Stammtisch im *Maulaffenbäck* anzutreffen sei.

*

Den Weg zum abendlichen Stammtisch konnte Erich Rottmann heute wegen seiner Hundesittertätigkeit erst deutlich später antreten, nachdem Elvira wieder vom Rathaus zurückgekehrt war. Sie bedankte sich bei ihm überschwänglich für seine Hilfe und deutete an, in den nächsten Tagen einige Überstunden abzubauen, um zwischendurch auch mal zuhause bleiben zu können. Die beiden Mopsdamen hatten sich ausgesprochen ordentlich benommen, was wohl nicht zuletzt an

Öchsle lag, der sie nach allen Regeln der hundlichen Verführungskunst umschmeichelte. Den beiden blieb gar keine Zeit, auf unsinnige Gedanken zu kommen. Allerdings zeigten sie sich gegenüber dem Werben des Rüden in letzter Konsequenz ziemlich spröde. Wobei Erich Rottmann nicht umhinkonnte, gewisse Analogien zu menschlichem Verhalten zu ziehen.

Als Rottmann kurz nach 20 Uhr an den Stammtisch herantrat, waren schon alle Schoppenbrüder versammelt. Natürlich musste der Exkommissar den Grund für seine Verspätung erläutern. Wie erwartet, führte die Erklärung, dass Elviras Pflegehunde daran schuld seien, zu größerer Heiterkeit in der Runde und zu allerlei Wortspielen. Rottmann ließ diese Sprüche ungewöhnlich geduldig über sich ergehen. Irgendwann war auch der letzte Witz gerissen und die Herren wandten sich wieder seriöseren Themen zu.

„Was macht ihr?“, wollte Dr. Horst Ritter wissen. „Geht ihr morgen zu der großen Podiumsdiskussion ins CCW? Da sollen doch unsere fünf Oberbürgermeisterkandidaten angeblich in einem knallharten Duell aufeinanderprallen.“

Xaver Marschmann winkte ab. „Wenn die Herrschaften da wieder nur Streicheleinheiten untereinander verteilen wie bei den letzten Interviews in der *Mainpostille,* ist da nicht viel zu erwarten. Das ist Weichspülerei in Reinkultur. Da geht’s ja bei uns am Stammtisch munterer zu. Genau genommen gibt es ja auch nicht so viele Unterschiede zwischen den einzelnen Gruppierungen. Alles so ziemlich der gleiche Einheitsbrei. Man weiß wirklich nicht, wem man seine Stimme geben soll.“

„Vielleicht kommt durch die NWW etwas Pfeffer in den Wahlkampf. Eigentlich sind sie doch ein Widerspruch in sich. Eine organisierte Gruppe der Nichtwähler, die sich zur Wahl aufstellen lässt. Das hat’s ja noch nie gegeben. Sie haben ja in der Presse angekündigt, dass sie bei dieser Podiumsdiskussion eine Bombe platzen lassen wollen. Bin gespannt, was das sein soll", warf Ron Schneider ein. „Hoffentlich ist das nicht wieder so ein Blödsinn wie die Partei der *Unterfränkischen Freibeuter,* die die kostenlose Nutzung aller öffentlichen Verkehrsmittel und Parkhäuser für geborene Unterfranken fordern." Er lachte keckernd. „Nachweis mit Geburtsurkunde."

In diesem Augenblick läutete Erich Rottmanns Handy in der Hosentasche. Rottmann zog ein erstauntes Gesicht. Wer wollte ihn denn jetzt sprechen? Er hob ab.

„Ach Erich", kam Elviras Stimme aus dem Lautsprecher, so laut, dass es seine Stammtischbrüder ungewollt mithören konnten, „entschuldige bitte, ich weiß ja, du bist beim Stammtisch, aber ich weiß mir nicht zu helfen!"

„Warte mal bitte einen Moment, ich geh erst raus, weil es hier ziemlich laut ist", entgegnete Rottmann und machte zu seinen Stammtischbrüdern eine entschuldigende Geste. Dann erhob er sich und verließ das Lokal. Öchsle trippelte ihm eilig hinterher. Die Schoppenbrüder, die Elviras Stimme am Telefon erkannt hatten, grinsten anzüglich.

„Was ist denn passiert?", fragte Rottmann, als er vor der Tür angekommen war.

„Erich, das ist mir ja so peinlich. Ich war gerade einige Zeit in der Küche und habe die Spülmaschine ausgeräumt, als mir auffiel, dass es im Wohnzimmer sehr ruhig war. Zunächst dachte ich, Rosi und Lara würden schlafen, dann hörte ich Knurren. Als ich ins Wohnzimmer kam, war es schon passiert. Die beiden standen auf der Couch und hatten sich eines der Kissen vorgenommen. Jeder zerrte an einem Zipfel. Die beiden fanden das offenbar fürchterlich lustig. Jedenfalls hatten sie das Kissen schon aufgerissen, und überall im Wohnzimmer flogen die Federn herum. Dann hab ich laut geschimpft mit der Folge, dass die beiden mitsamt dem Kissen unter der Couch verschwunden sind. Wenn ich mich runterbeuge, um ihnen das Kissen wegzunehmen, knurren sie mich an. Erich! Ich weiß wirklich nicht, was ich machen soll?"

Rottmann stieß innerlich einen Seufzer aus. Laut entgegnete er: „Jetzt reg dich nicht auf. Ich komme gleich mal vorbei. Das kann man den beiden natürlich nicht durchgehen lassen."

Ehe Elvira zu großen Dankesbezeugungen ansetzen konnte, hatte Rottmann aufgelegt. „Öchsle, ich schätze, da müssen wir mal nach dem Rechten sehen." Der Rüde wedelte mit dem Schwanz.

Die Stammtischbrüder gaben natürlich entsprechende Kommentare von sich, als Rottmann sich bei ihnen entschuldigte. Der Exkommissar ertrug sie mannhaft, dann marschierte er los. Eine dichte Rauchwolke aus seiner Bruyère markierte seinen Weg.

Er hatte kaum hundert Meter im Eilschritt zurückgelegt, als er jemanden seinen Namen rufe hörte.

„Hallo, Herr Rottmann! Herr Rottmann, bitte!"

Verwundert blieb Erich Rottmann stehen und drehte sich um. Öchsle stand neben dem rechten Bein seines Menschen und gab ein leises Knurren von sich.

„Ruhig, Öchsle", beruhigte der Exkommissar seinen Hund und sah dem jungen Mann, der ihm nacheilte, neugierig entgegen. Das Gesicht kam ihm bekannt vor. Wenn er sich richtig erinnerte, war der Mann auch in der Weinstube gewesen.

„Vielen Dank", sagte der Fremde, als er Rottmann erreicht hatte. „Mein Name ist Leon, ich bin Rechtsanwalt", stellte er sich kurz vor. „Ich wollte Sie eigentlich bei passender Gelegenheit im Lokal ansprechen, dann sind Sie aber plötzlich eilig aufgebrochen. Hätten Sie bitte ein paar Minuten für mich? Es ist wichtig. Ich kann Sie gerne auch ein Stück begleiten."

Rottmann musterte kurz das Gesicht des Mannes, während Öchsle eine Etage tiefer seine Beine ausgiebig beschnüffelte. Herr und Hund kamen zu dem Ergebnis, dass man ihm mal zuhören konnte.

„Ich bin etwas in Eile“, erwiderte Rottmann. „Wenn es Ihnen nichts ausmacht, mir Ihr Anliegen im Gehen zu erklären, habe ich nichts dagegen.“

Leon bedankte sich. Auf dem Weg zur Rosengasse erläuterte er Erich Rottmann, weshalb er gerne seine Dienste in Anspruch nehmen wollte. Rottmann hörte ihm aufmerksam zu und unterbrach ihn nicht. Als der Rechtsanwalt fertig war, schwieg Rottmann einen Augenblick, dann meinte er nachdenklich: „Ich kenne Duwe Golgatha von einem früheren Fall her. Er gibt ja gern mal das Enfant terrible der Würzburger Kommunalpolitikerszene, was ihn mir aber ehrlich gesagt recht sympathisch macht. Seine Idee mit den organisierten Nichtwählern halte ich für genial. Allerdings kann ich mir vorstellen, dass er sich mit dieser Plakatverbrennungsaktion nicht nur Freunde gemacht hat. Es pfeifen ja die Spatzen von den Dächern, wer dahintersteckt. Sie sagen also, Sie haben nach der Aktion keinen Kontakt mehr mit ihm gehabt?“

Leon bestätigte das. „Wir sind etwas in Sorge.“

Mittlerweile waren sie am Anfang der Sanderstraße angekommen. Rottmann blieb kurz stehen.

„Ich werde mich um die Angelegenheit kümmern. Geben Sie mir bitte Ihre Telefonnummer, damit ich Sie morgen kontaktieren kann. Ich benötige natürlich noch einige Informationen. Jetzt entschuldigen Sie mich aber bitte, ich bin auf dem Weg zu einem weiteren Notfall.“

Leon verabschiedete sich.

Einige Zeit später betrat Rottmann Elviras Wohnzimmer. Sie hatte schon die meisten Federn aufgesaugt.

„Da schau dir die beiden Weibsstücke an. Spitzen aus der Deckung hervor, als wenn die Wohnung ihnen gehören würde." Tatsächlich konnte Rottmann die dunklen Gesichter der beiden Möpse erkennen, zwischen ihnen das Corpus Delicti, das Sofakissen. Während Rottmann sich dem Kissen näherte, fingen sie wie auf Kommando im Duett zu knurren an. Rottmann blieb stehen. Er war kein großer Hundeerzieher. Da ergriff der Rüde die Initiative, denn dass ein anderer Hund seinen Menschen anknurrte, ging überhaupt nicht! Da hatte er auch keine Probleme, sich mit der holden Weiblichkeit anzulegen. Mit aufgestellten Nackenhaaren und steif erhobener Rute marschierte der Rüde in Richtung Couch. Dabei ließ er seinerseits ein Knurren hören, das weit beeindruckender klang als das der beiden Möpse. Als er dicht vor ihnen stand, gab er ein kurzes drohendes Bellen von sich, dann griff er blitzschnell zu und schnappte sich das Kissen. Rosi und Lara waren total perplex. Hocherhobenen Hauptes hielt Öchsle das Kissen im Fang und schüttelte es triumphal. Eine weitere Wolke Federn verteilte sich im Raum. Stolz brachte er das Kissen seinem Menschen und legte es ihm vor die Füße. Der Exkommissar hob es auf und sah Elvira schulterzuckend an.

„Besser hätte ich es auch nicht machen können", stellte er entschuldigend fest und hob es vom Boden auf.

Elvira lachte. „Jedenfalls hat er den zweien gezeigt, wer der Herr im Haus ist. Er hat sich ein Wienerchen redlich verdient." Sie eilte in die Küche und kam mit dem Würstchen zurück. Schmatzend ließ Öchsle es sich schmecken. Kaum hörten die beiden unter der Couch Öchsles Kaugeräusche, kamen sie eilig darunter hervor und umschwänzelten den Rüden. Doch der hatte rein vorsorglich schon alles runtergeschlungen.

Elvira griff zum Staubsauger. Kaum startete brausend der

Motor des Geräts, verkrümelten sich die beiden Möpse und Öchsle in den Flur. Schlagartig herrschte zwischen den drei Hunden Eintracht. Der Staubsauger war der gemeinsame Feind, ein Teufelsding, dem man besser aus dem Weg ging. Rottmann nutzte den Moment, um sich von Elvira mit einem Winken zu verabschieden, ehe sie womöglich noch auf dumme Gedanken kam und ihn bat, zu bleiben.

Zuhause schenkte er sich noch ein Glas Silvaner ein und setzte sich vor den Fernseher. Im Programm des Würzburger Regionalfernsehsenders kam zum zigsten Mal die Wiederholung einer Diskussion zwischen den beiden Oberbürgermeisterkandidaten der vier größten Würzburger Parteien. Der Kuschelschlagabtausch der beiden war so aufregend, dass Erich Rottmann keine zehn Minuten später tief und fest eingeschlafen war. Sein letzter Gedanke galt seiner neuen Aufgabe. Es war schön, dass er wieder einmal ermitteln konnte. Sein letzter Fall lag nun doch schon einige Zeit zurück.

*

Tommi H. versprach sich nicht viel davon, Rottmann mit der Suche nach Duwe Golgatha zu beauftragen. Wahrscheinlich würde es viel zu lange dauern, bis der alte Kommissar ein Ergebnis vorzeigen konnte. Die Ursache allen Übels war dieser Schwede, der ihnen mit seinen Plänen den ganzen Wahlkampf versauen konnte. Er musste noch einmal mit ihm sprechen. Vielleicht war bei ihm mit Geld etwas zu erreichen. Durch den Zulauf, den die NWW erfuhr, war erfreulicherweise auch die Wahlkampfkasse gut gefüllt. Es gab genug Sponsoren, die diese neue Gruppierung gern finanziell unterstützten. Da war es schon vertretbar, wenn man einmal einen größeren Betrag abzweigte, vor allen Dingen, wenn es der Sache diente.

Einige Zeit später war Tommi H. wieder in seinem Büro.

Die Nachmittagssiesta ließ er heute ausfallen. Es hatte sich einiges an Arbeit angehäuft, die er abarbeiten musste. Er vertiefte sich in ein Manuskript, das ein Würzburger Regionalkrimiautor eingereicht hatte. Es bereitete ihm aber Schwierigkeiten, sich zu konzentrieren, insbesondere weil die Story ausgesprochen zäh dahinfloss. Irgendjemand musste dem guten Mann einmal sagen, dass er besser Kochbücher schriebe als Kriminalromane.

Immer wieder schweiften seine Gedanken zu seinem momentanen Problem ab. Schließlich griff er nach der Visitenkarte des Schweden. Mit der Hand war darauf eine Festnetznummer in Würzburg geschrieben. Tommi rief an seinem Computer ein Programm auf, mit dessen Hilfe man eine deutsche Telefonnummer rückverfolgen konnte. Ihn interessierte, wo der Mann wohnte. Einen Moment später hatte er die zugehörige Teilnehmerin, eine Freja Andersson, nebst Wohnadresse ausfindig gemacht. Andersson wohnte also bei seiner Schwester, die er im Gespräch erwähnt hatte.

Der Verleger überlegte, wie er ein Treffen arrangieren konnte, ohne dass die Presse davon Wind bekam. Tommi H. wusste, dass man ständig damit rechnen musste, dass Schöpf-Kelle irgendwo auf der Lauer lag, um Neuigkeiten über die NWW herauszufinden. Da Tommi H. für heute die Nase voll hatte, zog er sein Jackett an und verließ den Verlag. Die Visitenkarte Anderssons hatte er eingesteckt. Zu Fuß erreichte er nach zehn Minuten seine Wohnung in der Bibrastraße. Schon beim Betreten des Flurs sah er das heftige Blinken des Anrufbeantworters. Sieben Nachrichten waren aufgesprochen. Er drückte auf den Abspielknopf. Es war nichts dabei, dessen Beantwortung dringend zu erledigen gewesen wäre. Nach einem Blick in den Kühlschrank griff er sich eine angebrochene Flasche Wodka. Mit einem daumenbreit gefüllten

Wasserglas schlenderte er ins Wohnzimmer, ließ sich auf die Couch fallen und schob die Slipper von den Füßen. Genussvoll lief Schluck für Schluck des kalten Alkohols seine Kehle hinunter. Dabei sank er in die Kissen und legte die Füße auf die Tischplatte. Er musste dringend nachdenken.

Als Tommi H. wieder erwachte, war es im Zimmer stockdunkel. Es dauerte einige Zeit, ehe er in die Gegenwart zurückfand und sich zeitlich orientieren konnte. Mit einem Blick auf seine Armbanduhr stellte er fest: fast schon zweiundzwanzig Uhr. Er überlegte einen Moment, dann holte er die Visitenkarte des Schweden hervor und wählte die Mobilfunknummer. Es dauerte einen Moment, ehe Nils Andersson das Gespräch annahm.

„Hallo, Herr Andersson", begann Tommi H. und kam gleich übergangslos zur Sache. Besondere Höflichkeitsfloskeln hielt er nicht für angebracht. „Können wir vertraulich sprechen?"

„Ich bin allein", gab der Schwede zurück. „Können Sie mir schon etwas sagen?"

„Herr Andersson", entgegnete Tommi H., ohne auf die Frage einzugehen, „ich habe mir unser Gespräch von heute Vormittag noch einmal durch den Kopf gehen lassen. Wäre es möglich, dass wir uns jetzt noch treffen? Ich würde Ihnen gern ein Angebot machen, mit dem die Angelegenheit im beiderseitigen Einvernehmen geregelt werden könnte."

Andersson überlegte einen Augenblick, dann entgegnete er: „Um diese Zeit?" Tommi H. glaubte aus seiner Stimme Misstrauen herauszuhören.

„Ich muss darauf achten, dass die Presse von der Sache keinen Wind bekommt. Wir haben einen speziellen Reporter, der die Führungsmitglieder der NWW immer im Auge hat. Die Dunkelheit bietet etwas Schutz vor neugierigen Blicken."

Andersson zögerte kurz, dann stimmte er zu. „Wir können uns gern unterhalten, aber ich werde von meinen Forderungen nicht abweichen. Machen Sie sich keine falschen Hoffnungen."

„Danke für Ihre Gesprächsbereitschaft", erwiderte Tommi H., ohne auf die Bemerkung Anderssons einzugehen. „Was halten Sie davon, wenn wir uns in einer halben Stunde unten am Main am Alten Kranen treffen? Ich erkläre Ihnen gern den Weg."

„Nicht nötig", gab der Schwede zurück. „Ich war schon öfters in Würzburg zu Besuch und kenne mich einigermaßen aus." Das Gespräch war beendet.

Tommi H. atmete tief durch. Hoffentlich konnte er sich mit Andersson gütlich einigen. Der Typ hätte sich für sein Vorhaben aus Sicht der NWW keinen ungünstigeren Zeitpunkt aussuchen können. Für Andersson war die Konstellation natürlich genau umgekehrt. Tommi H. steckte sein Handy in die Hosentasche, nahm sich seine Lederjacke von der Garderobe und verließ die Wohnung. Er war fest entschlossen, die Angelegenheit irgendwie zu regeln.

Donnerstag, der 27. Februar

Es war noch früh am Tag. Elvira Stark war vor einer halben Stunde aufgestanden und lief noch im Schlafanzug durch die Wohnung. Trotz eines guten Schlafes war sie bereits reichlich genervt. Rosi und Lara, ihre beiden Gastmöpse, schienen sich bei ihr immer wohler zu fühlen. Jedenfalls machten sich die beiden genüsslich überall breit. Elvira kam gar nicht damit nach, die beiden ständig von irgendwelchen Sitzmöbeln und Polstern zu vertreiben.

Als sie vor ein paar Minuten im Morgenmantel für kurze Zeit die Wohnung verlassen hatte, um den Müll hinunterzubringen, traf sie, als sie zurückkam, fast der Schlag. Rosi musste eine Blattpflanze, die neben der Balkontür auf dem Boden stand, zu ihrer persönlichen Feindin erklärt haben. Jedenfalls waren alle erreichbaren Blätter zerfetzt. Währenddessen Lara, offenbar enttäuscht darüber, dass Elvira sie nicht mitgenommen hatte, aus Protest eine große Pfütze in den Flur gepinkelt hatte. Elvira stieß einen Wutschrei aus.

„Jetzt reicht's!“, schimpfte sie. „Ihr verzogenen Biester! Ihr bildet euch wohl ein, ihr könnt euch alles erlauben!“ Sie stürmte in die Küche, um eine Rolle Küchenpapier zu holen und die Bescherung zu beseitigen. „Da liegt die ganze Wohnung mit euren Spielsachen voll und ihr müsst ausgerechnet meinen Drachenbaum anknabbern!“

In diesem Augenblick begann Rosi heftig zu keuchen. Aus ihrem Bauch kam ein Geräusch, das große Ähnlichkeit mit einer Unterdruckpumpe hatte. Schließlich riss Rosi das Maul auf und erbrach würgend vor Elvira eine grüne, schaumige Masse auf den Teppich. Elvira Stark riss entsetzt die Augen auf und stieß einen spitzen Schrei aus. Für einen

Moment glaubte sie, Rosi würde ersticken. Als diese sich jedoch gleich anschließend völlig unbeeindruckt das Maul ableckte und gut gelaunt mit dem Stummelschwanz wackelte, war ihr klar, dass nichts Schlimmes geschehen war. Die beiden Hunde bemerkten natürlich den rabiat ansteigenden Zornpegel ihres Gastfrauchens und verzogen sich diskret und mit dem harmlosesten Gesichtsausdruck der Welt unter die Couch.

Elvira Stark beseitigte zähneknirschend die Spuren der hundlichen Protesthandlung. Anschließend griff sie erbost zum Hörer und rief in ihrer Not Erich Rottmann an. Nachdem sie einen wahren Wortschwall in Rottmanns Gehörgang ergossen hatte, beruhigte sie sich ein wenig. Rottmann, der mit ihren Temperamentsausbrüchen seine einschlägigen Erfahrungen hatte, ließ sie erst einmal ausreden. Als Elvira irgendwann der Dampf ausging, fragte er: „Wann warst du mit den beiden denn Gassi?“

Elvira stutzte, dann entgegnete sie: „Heute noch nicht. Ich wollte erst mit ihnen rausgehen, wenn ich meine Wohnung in Ordnung gebracht habe.“

Rottmann räusperte sich. Eigentlich war er gerade auf dem Sprung gewesen, weil er heute Vormittag vor dem Stammtisch seinem Ermittlungsauftrag bezüglich Duwe Golgatha nachgehen wollte.

„Elvira, es wäre vielleicht sinnvoll, zuerst mit den beiden Hunden Gassi zu gehen und dann in der Wohnung zu putzen. Das sind zwei junge, temperamentvolle Hundchen, die sich nach der Nacht erst mal austoben und ihre Morgengeschäfte erledigen müssen. Anschließend sind sie dann auch ruhiger und machen nicht so viel Blödsinn. Übrigens, dass ein Hund mal kotzt … ich meine, sich übergibt, ist nicht ungewöhnlich. Das erledigen die so nebenbei. Da musst du dir keine Sorgen machen. Stell die Blattpflanze halt woandershin, damit die zwei nicht drankommen.“

Elvira überlegte einen Augenblick, dann meinte sie mit einem gewissen Unterton in der Stimme: „Sag mal, Erich, warst du schon mit Öchsle Gassi? Du gehst doch auch immer um diese Zeit.“

Rottmann hörte natürlich das Trapsen der Nachtigall und rang mit den Worten etwas herum, weil er nicht wusste, wie er sich aus der Affäre ziehen sollte.

„Ach … Elvira … äh … weißt du, ich habe etwas Eiliges in Grombühl zu erledigen. Das wollte ich mit Öchsles Gassigehen verbinden.“

„Super, das passt doch prima! Weißt du was, meine beiden Möpse und ich kommen ganz einfach mit. Öchsle würde sich bestimmt auch freuen. Dann können wir sie unterwegs ein wenig springen lassen. Spitze! Ich zieh mich schnell an. Wenn du noch einen kleinen Augenblick warten könntest, ich komme dann gleich runter.“

Verdattert starrte Erich Rottmann auf den Telefonhörer. Elvira hatte ganz einfach aufgelegt.

„So ein Mist“, schimpfte der überrumpelte Exkommissar und warf das Mobilteil auf die Couch. Elvira hatte manchmal eine Art, einen über den Tisch zu ziehen … Wenn Elvira ihn begleitete, musste er aufpassen, dass er pünktlich zum Frühschoppen kam.

Eine Viertelstunde später sah Erich Rottmann aus dem Fenster. Elvira betrat gerade mit den beiden Hunden an den Leinen die Rosengasse. Rottmann beeilte sich, ebenfalls auf die Straße zu kommen.

Öchsle begrüßte die beiden Hündinnen mit dem ihm eigenen Charme. Rosi und Lara ließen seine Freundlichkeit gnädig über sich ergehen, verwehrten ihm aber knurrend jede

Annäherung im Intimbereich. Rottmann grüßte kurz, dann schlug er den Weg in Richtung Main ein. Elvira wunderte sich. „Ich dachte, wir gehen nach Grombühl."

„Ich habe es mir anders überlegt", gab Rottmann knapp zurück. „Auf dem Weg dorthin gibt es ja kaum einen Platz, an dem die Hunde spielen können. Deshalb gehen wir besser zum Main."

Elvira Stark zuckte mit den Schultern. Ihr war es egal, auf welche Art und Weise sie mit Rottmann zusammen sein konnte. Rottmanns letzter Fall hatte sie doch ein ganzes Stück näher gebracht. Der Exkommissar war aufgrund eines eigenen Fehlers am Gesäß verletzt worden und Elvira hatte ihn nach einem kurzen Krankenhausaufenthalt aufopfernd in ihrer Wohnung gepflegt. Die damit zwangsläufig verbundenen Intimitäten hatten schwer an Rottmanns Ego genagt. Gleich nach seiner Gesundung flüchtete er auch eiligst in seine Wohnung und ging deutlich auf Distanz. Elvira kannte derartige Reaktionen ihrer ehemaligen Jugendliebe zur Genüge. Ihr weiblicher Instinkt und ihr Bauchgefühl sagten ihr jedoch, dass sie diese eiserne Junggesellenburg Erich Rottmann irgendwann knacken würde. Sie musste nur ausreichend Geduld aufbringen, gewürzt mit einer kräftigen Prise weiblicher Raffinesse, die ihr nicht schwerfiel. Widerspruchslos folgte sie Erich Rottmann in Richtung Main. Sie hatte genug damit zu tun, Rosi und Lara zu bändigen, die ungestüm an den Leinen zerrten, jede in eine andere Richtung.

Am Mainkai hatte gerade ein Kreuzfahrtschiff angelegt, denn es strömten zahlreiche Touristen über die Gangway und dann in Richtung Alte Mainbrücke. Elvira musste sich mühsam durch die Menschenmenge zwängen, da Rosi und Lara offenbar der Auffassung waren, jeden einzelnen Passagier begrüßen zu müssen. Öchsle tat sich da erheblich leichter, weil er nicht angeleint war. Außerdem war es als typischer Unterfranke nicht seine Art, mit Menschen anzubandeln.

Plötzlich ertönte ein Klingelton, den Erich Rottmann erst nach einigen Sekunden als den seines Handys identifizierte. Er griff in seine Joppentasche und meldete sich. Es dauerte einen Augenblick, bis er registrierte, wer am anderen Ende der Leitung war. Schließlich ging er einige Schritte aus der Menge heraus und hörte aufmerksam zu. Nach mehrmaligem „Aha“ und „Hm“ erklärte er: „Geht in Ordnung. Sagen wir in einer Viertelstunde.“ Danach steckte er das Handy wieder ein.

Er sah Elvira an und setzt eine Miene voller Anteilnahme auf. „Elvira, es tut mir wirklich sehr leid, aber ich kann dich nicht länger begleiten. Ich habe gerade einen Notruf aus dem Rathaus bekommen. Georg Nabenschlager hat es ziemlich dringend gemacht. Du wirst verstehen, dass ich da hinmuss. Wie ich sehe, kommst du doch mit den beiden Möpsen prima klar.“

Elvira Stark nahm ihm das gezeigte Bedauern nicht ganz ab. Zu eifrig war die Bereitschaft Rottmanns, dem Ruf in den Grafeneckart zu folgen. Aber sie wusste, dass es keinen Zweck hatte, etwas dagegen zu sagen.

„Geht schon klar“, gab sie bemüht verständnisvoll zurück. „Es wäre aber schön, wenn du später auf die beiden Damen aufpassen könntest, wenn ich zur Arbeit muss. Sonst legen sie mir wieder die Wohnung auseinander.“

„Mach ich! Mach ich!“, rief Rottmann, der sich schon einige Meter entfernt hatte. Öchsle bemühte sich, ihm auf den Fersen zu bleiben. Rosi und Lara sahen den beiden etwas beleidigt hinterher. Sie stammten beide aus dem bekannten Zuchtzwinger „vom Mopshügel“, waren daher adeligen Geblüts und es gar nicht gewohnt, dass man sie einfach so stehen ließ.

Erich Rottmann war mit seinen Gedanken schon ein ganzes Stück voraus. Schorsch Nabenschlager rief ihn nur selten auf seinem Handy an. War das der Fall, handelte es sich immer um eine wichtige Angelegenheit.

Rottmann betrat den Grafeneckart über den Eingang am Vierröhrenbrunnen. Eigentlich bestand im Rathaus Hundeverbot, aber daran verschwendete er keinen Gedanken. Der Rüde hatte schon bei vielen Gelegenheiten von Bürgermeister Farmer eine Sondergenehmigung bekommen. Öchsle war gewissermaßen „amtsbekannt". Zwei Minuten später klopfte der pensionierte Kriminalbeamte an Nabenschlagers Bürotür.

„Erich, auf dich ist halt Verlass!", begrüßte ihn der Stadtrat mit festem Händedruck. „Komm rein und setz dich." Er wies auf ein paar Besucherstühle, die rund um einen Besprechungstisch angeordnet waren. Dann streichelte er Öchsle kurz über den Kopf und erklärte: „Ich muss nur kurz einen Kollegen verständigen, der eigentlich um das Gespräch mit dir gebeten hat. Ich bin nur der Vermittler."

Nabenschlager griff zum Telefon. „Er ist jetzt da", erklärte er knapp, dann legte er wieder auf. Jetzt war Rottmann wirklich gespannt, wer da kommen würde.

Kurz darauf klopfte es und die Tür ging sofort auf. „Grüß Gott", rief Stadtrat Wunibald Fettschräuble energisch und streckte Rottmann die Hand entgegen. „Vielen Dank, dass Sie sich für mich Zeit nehmen. In diesem Wahlkampf kommt man ja kaum noch zu einem klaren Gedanken." Er atmete durch, fuhr sich mit den Fingern durch die schlohweiße Frisur und ließ sich auf einem der Stühle nieder.

„Schorsch, du gestattest?", fragte er in Richtung Nabenschlager. Dieser machte eine zustimmende Geste, dann widmete er sich einigen Dokumenten auf seinem Schreibtisch und überließ die beiden sich selbst.

„Lieber Herr Rottmann", begann Fettschräuble, dann unterbrach er sich gleich wieder. „Ich schlage vor, dass wir Du zueinander sagen, da spricht es sich leichter. Ich bin der Wunibald, die meisten sagen aber Wuni zu mir." Er reichte Rottmann über den Tisch hinweg die Hand.

„Erich", gab Rottmann zurück und schlug ein.

„Prima! Also, lieber Erich, jetzt noch einmal von vorn." Er sammelte sich kurz. „Was ich dir jetzt sage, ist im Kern zunächst einmal eine persönliche Sache dreier Menschen hier in Würzburg, hat aber durch die bevorstehende Kommunalwahl auch einen gewichtigen politischen Aspekt."

Hoffentlich kommt er bald zur Sache und hält hier keine Wahlrede, dachte Rottmann, hörte ihm aber trotzdem aufmerksam zu.

„Mein Anliegen respektive das zweier Personen aus meinem Bekanntenkreis", fuhr Fettschräuble fort, als hätte er Rottmanns Gedanken gelesen, „betrifft den Kollegen Golgatha." Hier machte er eine bewusste Pause.

Rottmann stellte die Lauscher auf. Stadtrat Golgatha schien zurzeit einige Menschen in Würzburg heftig zu beschäftigen.

„Duwe Golgatha ist im Augenblick von der Bildfläche verschwunden. Wie vom Erdboden verschluckt. Für zwei meiner Bekannten wäre es aber ganz wichtig, mit ihm zu sprechen. Da beide aus Schweden sind und die Würzburger Verhältnisse nicht so gut kennen, habe ich mich bereit erklärt, dich zu bitten, für die beiden nach Duwe Golgatha zu suchen." Nach einer kurzen Pause ergänzte er: „Selbstverständlich kannst du mit einem entsprechenden Honorar rechnen."

Erich Rottmann runzelte die Stirn. „Letzteres interessiert mich nicht. Wenn ich den Auftrag annehme, dann nur, weil es mich reizt, knifflige Dinge zu ermitteln. Das ist das Eine. Um eine Entscheidung treffen zu können, müsste ich aber noch ein paar Einzelheiten wissen. Nimm es mir nicht übel, aber das alles klingt doch sehr geheimnisvoll und vage und mein Riecher sagt mir, dass hinter deiner Bitte nicht nur selbstlose Hilfsbereitschaft steckt. Also, gib mir mal ein paar mehr Informationen, dann sehen wir weiter."

Wuni Fettschräuble warf Nabenschlager einen kurzen Blick zu, dann lächelte er leicht verkniffen.

„Schorsch hat mir schon gesagt, dass man dir nichts vormachen kann." Er fuhr sich erneut durch die Haare. „Nun gut, aber das ist jetzt streng vertraulich. Die beiden Schweden haben Kenntnisse, über die sie dringend mit Golgatha sprechen wollen. Vermutlich ist er für eine Weile abgetaucht, um im Vorfeld der Podiumsdiskussion nicht von der Presse bedrängt zu werden. Es liegt aber auch im Interesse meiner Partei, dass er vorher mit den Schweden spricht. Ganz ehrlich gesagt spekulieren wir darauf, dass Golgatha nach dem Gespräch ganz auf seinen Auftritt verzichtet."

Rottmann sah Fettschräuble prüfend an. „Wenn ich eins und eins zusammenzähle, wollt ihr Golgatha mit Hilfe der Schweden unter Druck setzen. Das gefällt mir nicht. Bevor ich mich entscheide, möchte ich gern erst mal mit den beiden sprechen."

Fettschräuble war von Rottmanns Wunsch nicht gerade begeistert, erklärte sich dann aber etwas widerwillig einverstanden. Er ließ sich Rottmanns Handynummer geben und versprach, ihn anzurufen, sobald er mit den Anderssons Kontakt aufgenommen hatte. Der Exkommissar erhob sich, gab Fettschräuble und Nabenschlager die Hand und verließ mit Öchsle im Gefolge das Rathaus. Ein Blick auf die Armbanduhr zeigte ihm, dass es Zeit für den Stammtisch war.

Während er in Richtung Maulhardgasse marschierte,

machte er sich so seine Gedanken. Bewusst hatte er gegenüber Fettschräuble den bereits bestehenden Auftrag des Rechtsanwalts von der NWW verschwiegen. Offenbar spielten in beiden Fällen politische Motive eine Rolle. Er konnte die verschiedenen Interessenlagen nur noch nicht richtig einschätzen. Aber das würde er schon noch herausbekommen. Nach dem Stammtisch würde er sich schon mal auf die Suche nach Duwe Golgatha machen. Das Gespräch mit den Schweden würde er trotzdem führen, weil ihn die Hintergründe interessierten. Dieses merkwürdige Geheimnis, das einige Leute sehr nervös machte, interessierte ihn schon brennend.

Kaum hatte sich die Tür hinter Rottmann geschlossen, als Nabenschlager seinem Parteikollegen einen kritischen Blick zuwarf.

„Wuni, hast du es mitbekommen? Rottmann ist ein schlauer Fuchs. Er hat sofort gemerkt, dass es bei der Sache einen Haken gibt. Ich kenne ihn besser als du. Unterschätze ihn nicht! Wenn er das Gefühl hat, benutzt zu werden, schmeißt er die Sache hin."

Fettschräuble verzog leicht seine Miene. „Ich weiß zwar nicht, wie er zu Duwe Golgatha und dieser verflixten NWW steht, aber wir müssen Golgatha finden, weil uns die Zeit bis zu dieser Podiumsdiskussion davonläuft. Es gibt Parteifreunde, die gewaltig nervös sind. Von unserem Oberbürgermeisterkandidaten gar nicht zu sprechen. Manchmal habe ich das Gefühl, dass wir auf einem Pulverfass sitzen und irgendjemand mit einem brennenden Feuerzeug an der Lunte herumspielt!"

Nabenschlager hob die Hand und sah seinen Parteikollegen durchdringend an. „Du kennst mich, ich bin immer für den geraden Weg. Diese Taktiererei kann böse in die Hose gehen. – Halte mich bitte auf dem Laufenden."

Damit war für Nabenschlager die Besprechung beendet. Fettschräuble grüßte knapp und ging.

*

Kurz vor vierzehn Uhr verließ Rottmann sein Stammlokal und marschierte wie gewohnt zum Unteren Markt. Seine Bruyère hinterließ in der Maulhardgasse eine duftende Tabakwolke. Rottmann dachte gerade darüber nach, ob er sich am Markt am Würschtlestand nicht noch eine „Geknickte", eine mittig gebrochene Bratwurst im Weck, genehmigen sollte, als sein Handy klingelte.

„Rottmann!", meldete sich der ehemalige Kriminalbeamte und blieb stehen, um besser zu verstehen.

„Mein Name ist Nils Andersson", sagte eine Stimme mit eindeutig ausländischem Akzent. Da hatte Fettschräuble aber richtig schnell gehandelt!

„Grüß Gott", erwiderte Rottmann.

„Herr Fettschräuble hat mir gesagt, dass Sie meine Schwester und mich sprechen wollen. Würden Sie auch mit mir allein vorliebnehmen? Meine Schwester ist beruflich schwer abkömmlich."

„Selbstverständlich", sagte Rottmann. „Ich habe nur ein paar Fragen. Würde es Ihnen jetzt gleich passen?" Rottmann wollte den Termin möglichst schnell hinter sich bringen, damit für ihn noch ein Nachmittagsschläfchen raussprang.

„Ja, das lässt sich einrichten. Wo können wir uns treffen?"

„Ich wollte mit meinem Hund sowieso noch am Main spazierengehen. Sagen wir also in zwanzig Minuten unten an der Mainkuh. Wissen Sie, wo das ist?"

„Ich kenne den Platz", erwiderte Andersson. „Bis gleich."

Andersson war für Rottmann leicht zu identifizieren, zu typisch nordisch war sein Aussehen. Er steuerte direkt auf den Mann zu, der neben dem Restaurantschiff am Ufer des Flusses stand und hinauf zur Festung Marienberg schaute.

Sie begrüßten sich und stellten sich einander noch einmal vor. Öchsle beschnupperte den Mann kurz, dann zeigte er deutliches Desinteresse. Offenbar fand der Rüde den Mann nicht sonderlich sympathisch. Für den Expolizisten ein interessanter Hinweis.

„Wollen wir uns setzen?", fragte Rottmann und wies auf eine der Bänke am Rande einer kleinen Grünanlage neben der Mainkuh.

Wortlos ließ sich der Schwede nieder. Rottmann nahm mit etwas Abstand neben ihm Platz.

„Sie wollten mich sprechen", stellte Andersson fest. „Hier bin ich."

Rottmann nickte. „Stadtrat Fettschräuble hat mich gebeten, in Ihrem Namen nach Duwe Golgatha zu suchen. Der sei, wie er sagte, im Augenblick untergetaucht, wenn ich das mal so nennen darf. Fettschräuble sagte mir, dass Sie ihn dringend sprechen wollen. Die gesamten Umstände kommen mir ehrlich gesagt etwas merkwürdig vor. Bevor ich mich auf die Suche nach ihm mache, hätte ich schon gern gewusst, was Sie von ihm wollen. Ich vermute, er will im Augenblick gar nicht gefunden werden. Das hängt wahrscheinlich mit seinem derzeitigen politischen Engagement zusammen. Wenn ich nach ihm forsche, muss ich sicher sein, dass Ihre Motive ehrenwert sind. Sie verstehen, was ich meine?"

Andersson nickte. „Das kann ich verstehen. Aber das politische Engagement von Herrn Golgatha ist mir gleichgültig, demzufolge werde ich darauf auch keine Rücksicht nehmen."

Rottmann sah ihn fragend an.

„Leider muss ich etwas ausholen. Ich hoffe, Sie haben ein wenig Zeit mitgebracht?"

Rottmann nickte.

„Meine Schwester Freja und ich sind in einer sehr traditionsreichen und stolzen schwedischen Familie groß geworden. In Kristianstad, wo unser Familiensitz ist, haben wir Anderssons lange Zeit eine bedeutende gesellschaftliche Rolle gespielt. Einer unserer Vorfahren ist der bedeutende Landschaftsarchitekt Jöns Person Lindahl." Er betonte diesen Namen besonders und machte danach eine kurze Pause. Aufmerksam musterte er seinen Gesprächspartner. Als dieser nicht reagierte, sprach er weiter: „Vielleicht sagt Ihnen der Name etwas, wenn ich daran erinnere, dass unser Vorfahr hier in Würzburg den Ringpark geschaffen hat."

Jetzt zeigte Rottmann eine Reaktion. „Ach ja, das ist dieser Lindahl, der in der letzten Zeit öfters in der Zeitung erwähnt wird, weil man die Trasse der neuen Straßenbahnlinie 6 quer durch den Ringpark führen will. Wenn ich das richtig in Erinnerung habe, hat sich der arme Mann seinerzeit im Glacis erschossen."

Das Gesicht Anderssons verfinsterte sich. Langsam schüttelte er den Kopf. „So erzählen es die Geschichtsbücher der Stadt Würzburg. Das ist aber unserer Meinung nach unzutreffend, um nicht zu sagen Rufmord. Kein Lindahl oder Andersson hat jemals einen derart unehrenhaften Tod gewählt!" Seine Stimme hob sich beim letzten Satz merklich. „Diese Geschichtslüge lastet seit Generationen als dunkler Fleck auf unserer Familienehre und wir konnten nichts dagegen tun." Er atmete tief durch.

„Jetzt ist meine Schwester Freja im Privatarchiv von Herrn Fettschräuble durch Zufall auf historische Polizeiakten gestoßen, die Hinweise darauf enthalten, dass unser Vorfahr damals 1887 in Würzburg wahrscheinlich einem Verbrechen zum Opfer gefallen ist." Der Mann verstummte.

„Und was haben diese Ereignisse von vor knapp 130 Jahren mit Duwe Golgatha zu tun?", wollte Erich Rottmann wissen. Zwar hatte ihn die Geschichte des Schweden durchaus gefesselt, er konnte jedoch aus dem Gesagten den dringenden Wunsch Anderssons, Golgatha zu treffen, nicht ableiten.

„Der damals ermittelnde Polizeioffizier hat in seiner abschließenden Stellungnahme in den Akten einen Hinweis hinterlassen, dass er einen gewissen Friedrich von Golgatha in der Sache als Verdächtigen vernommen hat. Ihm wurde dann vom damaligen Regierungspräsidenten befohlen, die Akten über den Fall zu schließen. Dieses Vernehmungsprotokoll fehlt in der ansonsten vollständigen Akte, die fortlaufend durchnummeriert ist, und vor dem Schlussvermerk fehlen drei Seiten. "

„Gut und schön", überlegte Rottmann laut. „Womit begründen Sie denn Ihre Annahme, unser Duwe Golgatha sei mit diesem Adeligen von damals verwandt und er habe von der möglichen Verknüpfung mit dem Tod Lindahls Kenntnis? Dieses fehlende Protokoll kann doch schon vor ewigen Zeiten verschwunden sein."

Andersson rieb die Hände aneinander. „Das haben wir natürlich auch in Erwägung gezogen. Meine Schwester, die übrigens Historikerin ist, hat Herrn Fettschräuble befragt. Der führt einfache Aufzeichnungen darüber, woher er welche Unterlagen bekommt, damit er nicht den Überblick verliert. Die Polizeiakten stammen aus dem Nachlass eines Roman Golgatha, eines Großonkels von Duwe Golgatha, der vor zwei Jahren im hohen Alter von einhundertunddrei Jahren in Würzburg verstorben ist. Duwe Golgatha war der einzige

Erbe. Er hat dann die Auflösung der Wohnung des Verstorbenen veranlasst. Außer einigen antiquierten Möbeln schien kein Vermögen vorhanden gewesen zu sein. Nur jede Menge alte Schriftstücke, Zeitungsausschnitte und Akten, die der alte Herr offenbar gesammelt hatte. Die Polizeiakten waren allerdings, wie Fettschräuble erklärte, gesondert in einem alten Panzerschrank eingeschlossen. Roman Golgatha war, wie Fettschräuble herausgefunden hat, früher Archivar im Staatsarchiv. Wahrscheinlich fielen ihm dort die Akten in die Hände und er eignete sie sich widerrechtlich an." Andersson sah Rottmann durchdringend an. „Das hat der Mann doch nicht ohne Grund getan."

Erich Rottmann war sehr nachdenklich geworden. Die Schlüsse, die Andersson aus den Fakten zog, waren logisch und nicht von der Hand zu weisen.

„Gut, aber was wollen Sie nun konkret von Duwe Golgatha? Er hat mit dieser alten Geschichte doch nichts zu tun."

„Oberflächlich betrachtet ist das sicher richtig, aber meine Schwester und ich wollen den guten Ruf meines Vorfahren wiederherstellen. Die ganze Geschichte ist durch den Wahlkampf von der Presse wieder hochgekocht worden. Man hat zwar viele Jahre später Lindahls Gebeine in das Ehrengrab der Stadt Würzburg überführt, aber der Ruf, ein durchgedrehter Selbstmörder zu sein, haftet noch immer an ihm, wie jüngste Presseberichte beweisen. Nach unserer Vermutung hat Duwe Golgatha die Akten im Tresor seines verstorbenen Onkels gefunden und ihre Brisanz sofort richtig eingeschätzt. Fettschräuble erfuhr von dem Tod des alten Mannes. Daraufhin ist er an Duwe Golgatha herangetreten und hat nachgefragt, ob der Nachlass historisch interessante Dokumente enthält. Golgatha sah kein Problem darin, ihm die Akten zu überlassen, nachdem er die verräterischen Protokollseiten entnommen hatte. Es bestand ja nun keine Gefahr mehr, dass er mit Friedrich von Golgatha in Verbindung gebracht werden konnte."

„So könnte es gewesen sein", überlegte Rottmann laut. „Zumindest verstehe ich jetzt Ihren Wunsch, Duwe Golgatha zu treffen. Sie wollen ihn zwingen, die Wahrheit zu veröffentlichen. Das heißt, er müsste zugeben, dass einer seiner Vorfahren an einem möglichen Mordkomplott an Jöns Lindahl beteiligt gewesen war. Dieses historisch bedeutende Wissen wollte er der Öffentlichkeit vorenthalten, um im Wahlkampf kein schiefes Licht auf sich und seine Familie kommen zu lassen. Er würde es also kaum zugeben."

Nils Anderssons Gesicht zeigte ein freudloses Lächeln. „Herr Rottmann, die Motive von Herrn Golgatha sind mir gleichgültig. Wenn er nicht kooperiert, könnte ich mir vorstellen, dass die Presse in Würzburg dieses Thema auch ohne Mitwirkung von Herrn Golgatha aufgreift. Dann käme er so richtig in Erklärungsnotstand."

Rottmann war klar: Mit diesem Herrn war nicht gut Kirschen essen. Und er würde nicht lockerlassen. Im Endeffekt war es sicher besser, Duwe Golgatha würde mit dem Mann sprechen. Vielleicht konnte er Fakten beitragen, die die Vermutungen des Schweden zerstreuten.

Rottmann verabschiedete sich. Sobald er Duwe Golgatha fand, würde er sicher ein längeres Gespräch mit ihm führen, bevor er Andersson unterrichtete.

*

Duwe Golgatha wurde durch einen schrecklichen Schmerz in der Wade schlagartig aus dem Tiefschlaf gerissen. Mit einem lauten Schrei sprang er auf und stemmte sich instinktiv mit seinem ganzen Körpergewicht auf den Fuß und gegen den Krampf. Der Raum, das Licht, die Matratze, das Klirren der Kette um seinen Fuß und der Schmerz drängten sich in seinen Verstand. Es dauerte nur Sekunden, bis er sich seiner derzeitigen Situation wieder voll bewusst war. Er atmete tief durch, als der ziehende Schmerz in der Wade langsam nachließ. Vorsichtig humpelte er einige Schritte hin und her, soweit ihm dies die Fessel gestattete, bis sich der Krampf vollständig gelöst hatte. Gewohnheitsmäßig wollte er einen Blick auf seine Armbanduhr werfen. Seine Augen trafen den nackten Arm. Da fiel ihm wieder ein, dass sein Kerkermeister ihm die Uhr ja abgenommen hatte. Da durch die geschlossenen Jalousien kein Tageslicht hereinkam und er nicht wusste, wie lange er geschlafen hatte, war er zeitlich völlig desorientiert. Er verspürte einen körperlichen Drang und suchte die Toilette auf. Da das Waschbecken kein Wasser führte, wusch er sich mit Wasser aus einer der Flaschen notdürftig die Hände. Das Wasser versickerte im Teppichboden, aber das war ihm egal. Die feuchten Hände wischte er sich an der Hose trocken. Er nahm einen Schluck aus der Flasche, dann setzte er sich wieder auf die Matratze und lehnte den Rücken gegen die Wand. Er musste nachdenken. Irgendwie musste er die perfiden Pläne seiner Gegner durchkreuzen! Die Hoffnungen tausender Nichtwähler ruhten auf seinen Schultern. Er würde sie nicht enttäuschen. Es musste ihm gelingen, seinen Gefangenenwärter beim nächsten Besuch zu überwältigen. Früher, als er noch ein junger, aufstrebender Kriminalbeamter war, hatte er regelmäßig am Selbstverteidigungs- und Schießtraining der Polizei teilgenommen. Leider war er im Laufe der letzten Jahre etwas nachlässig geworden. Seit er im Betrugsdezernat tätig war, fand seine Arbeit in erster Linie am Schreibtisch vor dem Computer statt – keine Tätigkeit, die einen Waschbrettbauch erzeugte. Aber letztlich hätte ihm der in seiner jetzigen Lage auch nichts gebracht.

War etwas in diesem Raum, das er als Waffe benutzen konnte? Nachdenklich ließ er seinen Blick über die Gegenstände gleiten, die sich in seiner erreichbaren Nähe befanden. Lebensmittel waren ungeeignet, die Bücher ebenfalls. Blieben noch die Wasserflaschen, womit aber kein wirksamer Schlag zu führen war. Und dann war da noch die Kette … Sie war neben der Matratze in der Wand verankert. Der Gefangene kniete sich hin und versuchte an dem Ring der Verankerung zu drehen. Nach kurzer Zeit gab er keuchend auf. Keine Chance! Er erhob sich. Nachdenklich musterte er die stabilen Kettenglieder, die sich auf dem Teppich schlängelten. Duwe bückte sich und nahm die Kette in die Hand. Da sie bis zur Toilette reichte, lag, wenn er wie jetzt neben dem Schlafplatz stand, ein ganzes Stück locker am Boden. Er nahm sie in die Hand. Seiner Schätzung nach waren es mehr als zwei Meter, die zur Verfügung standen. Wenn es ihm gelang, seinen Entführer bis zur Matratze zu locken, konnte er ihm die Kette vielleicht um den Hals schlingen und … Da Duwe einige Stunden geschlafen hatte, fühlte er sich deutlich frischer und optimistischer. Jetzt musste sein Kerkermeister nur noch kommen. Der Gefangene hatte keine Ahnung, wann das sein würde. Er würde aber auf jeden Fall gewappnet sein. Golgatha rollte den losen Teil der Kette griffbereit neben der Matratze zusammen, dann beugte er sich über den Karton mit dem Proviant. Eingeschweißte Sandwiches waren jetzt nicht unbedingt sein kulinarischer Traum, aber es schadete nicht, sich mit ausreichend Energie zu versorgen. In seiner Lage konnte man nicht wählerisch sein. Also packte er eines der Brote aus und begann zu kauen. Das Weißbrot war trocken wie die Wüste Gobi und saugte schon beim ersten Bissen seinen gesamten Speichel auf. Es klebte wie zäher Kleister am Gaumen. Duwe trank reichlich nach.

*

Ottfried Freund war Alleininhaber der Firma *Freund Facility-Management,* eines florierenden Einmannunternehmens, das sich auf die Betreuung größerer Bürogebäude spezialisiert hatte. Mit dem großflächig auf seinem Kastenwagen angebrachten Slogan „Wird die Arbeit dir ein Graus, hol dir einen Freund ins Haus“ warb Ottfried Freund für sich als Mann für alle Fälle. Mittlerweile war er so gut im Geschäft, dass er prima davon leben konnte.

Vor zwei Wochen hatte ihm die Hausverwaltung Wucherer die Betreuung eines Sanierungsobjekts in der Zellerau übertragen. Ein Bürohochhaus, das von Grund auf entkernt und umgebaut werden sollte. Dieses Objekt machte ihm wenig Arbeit, weil sämtliche Firmen bereits ausgezogen und die Büroräume geräumt waren. Freunds Aufgabe bestand in erster Linie darin, dafür zu sorgen, dass sich in der Zeit bis zum Beginn der Arbeiten keine unliebsamen Zeitgenossen in das leere Haus einnisteten. Er erfüllte diesen Auftrag, indem er in regelmäßigen Abständen das Haus aufsuchte und vor allen Dingen in den Keller- und Parterreräumen nachsah, ob alles in Ordnung war.

Heute war Freund ein wenig später dran. Die Dämmerung hatte bereits eingesetzt, als er den Generalschlüssel ins Schloss schob und den Haupteingang öffnete. Da im ganzen Haus der Strom abgestellt war, knipste er den mitgebrachten Handscheinwerfer an. Zunächst kontrollierte er im Parterre, ob nicht vielleicht Scheiben eingeschlagen waren – ein eindeutiges Indiz für unerwünschte Besucher. Zehn Minuten später hatte er alle Räume im Untergeschoss inspiziert. Wie zu erwarten gab es keine besonderen Vorkommnisse. Jetzt war noch der Keller an der Reihe. Ein leerstehendes Haus hatte eine merkwürdige Stimmung. Hier im Kellergeschoss gab es keinen Teppichboden, daher hallten seine Schritte im langen Flur. Es roch leicht muffig. Die Heizung des Gebäudes war natürlich auch abgeschaltet. Der Lichtschein der Lampe schnitt einzelne Rohre und Bauelemente aus der Dunkelheit und verlieh den verzerrten Schatten unnatürliches Leben. Sicherheitshalber kontrollierte Freund auch den Technikraum. Alle Kontrolllampen der Heizung und der Klimaanlage waren aus. Kurz huschte der Lichtschein über die Reihe der Stromzähler. Für jedes Stockwerk gab es einen eigenen.

Freund wollte schon gehen, als er plötzlich stutzte. Sein Unterbewusstsein hatte eine Unregelmäßigkeit registriert. Der Lichtstrahl erfasste erneut die Stromzähler. Unter den Zählern waren zahlreiche Kippsicherungen angebracht, die die verschiedenen Stromkreisläufe im Haus absicherten. Einer dieser Sicherungsautomaten war aktiv geschaltet! Er sah genauer hin. Das Rad des zugehörigen Stromzählers bewegte sich! Zwar im extremen Zeitlupentempo, aber es drehte sich. Da wurde irgendwo im Haus Strom verbraucht! Etwas, was gar nicht sein konnte! Freund las die Beschriftungen unter den Sicherungen. Die Stromentnahmestelle musste im obersten Stockwerk sein. Freund verließ den Keller. Das musste er überprüfen! Da der Aufzug natürlich auch abgeschaltet war, galt es, die sechs Stockwerke zu Fuß zu erklimmen. Oben angekommen, blieb er einen Augenblick stehen, um Atem zu schöpfen. Er leuchtete den Flur links und rechts aus, bemerkte aber nichts Auffälliges. Da musste er wohl alle Zimmer kontrollieren. Freund wandte sich nach links und betrat im Uhrzeigersinn der Reihe nach jeden Büroraum. Die Türen standen alle offen. Die elfte Tür war geschlossen. Freund stutzte, dann drückte er den Türgriff herunter. Fast wäre er gegen das Türblatt gelaufen. Es war abgeschlossen!

„Na so was", brummte er, zog den Generalschlüssel heraus, schloss auf und öffnete. Der grelle Lichtschein zahlreicher Neonlampen blendete ihn. Verdutzt blieb er im Türrahmen stehen und musterte mit zusammengekniffenen Augen den Mann, der in der Ecke des Raumes auf einer Matratze saß und ihn ebenso erstaunt betrachtete.

„Was geht denn hier ab?", fragte Freund verstört, als er die Szene in all ihren makabren Einzelheiten erfasste.

Duwe Golgatha hatte auf der Matratze mit dem Rücken an der Wand gelehnt und gedöst. Sein Zeitgefühl war ihm völlig abhandengekommen. Lebte er schon im Morgen oder im Übermorgen? Sein Kerkermeister war noch immer nicht aufgetaucht. Vor lauter Langeweile hatte er in einem der Bücher gelesen, es aber schon bald wieder zur Seite gelegt. Er war innerlich zu angespannt gewesen, um sich zu konzentrieren. Wenn nur endlich der Maskierte auftauchen würde, damit er einen Befreiungsversuch unternehmen konnte.

Während er so vor sich hin geschlummert hatte, hatte er an der Eingangstür ein Geräusch gehört. Jemand hatte versucht, die Klinke herunterzudrücken. Durch Duwes Körper war ein regelrechter Stromstoß gegangen. Wie elektrisiert hatte er sich aufrecht hingesetzt und dabei eine gleichgültige Miene gezeigt. Er wollte den Kerl nicht misstrauisch machen, indem er Anspannung signalisierte. Mit einem prüfenden Blick zur Kette hatte er sich versichert, dass sie griffbereit aufgerollt war. Dann fuhr auch schon der Schlüssel ins Schloss und die Tür ging auf.

Der Mann, der geschockt mit aufgerissenen Augen und

offenem Mund im Türrahmen stand, war sicher nicht sein Entführer, vermutlich ein Handwerker oder Hausmeister.

„Was machen Sie hier?", fragte der Mann irritiert.

„Mein Name ist Duwe Golgatha", erklärte der Gefangene und erhob sich langsam mit klirrender Kette. „Sie schickt der Himmel! Ich wurde entführt und werde hier festgehalten. Gott sei Dank haben Sie mich gefunden. Haben Sie Werkzeug, um mich zu befreien?" Er hob seinen Fuß und das Hosenbein, damit der Mann die Fessel sehen konnte.

„Entführt? Wie entführt?" Der Mann war offenbar so geschockt, dass er keinen klaren Gedanken fassen konnte. Die Situation überforderte ihn. „Wird hier vielleicht ein Film gedreht?"

Fast hätte Duwe laut aufgelacht. Er zwang sich zur Geduld. Wenn er den Mann nicht überzeugen konnte, würde der vielleicht die Polizei rufen. Das wollte Duwe aber nicht. Innerhalb kürzester Zeit würde die Presse davon Wind bekommen und damit auch seine Gegner. Wenn er jetzt freikam und mit Hilfe seiner Kampfgefährten noch eine Weile im Untergrund verschwinden konnte, wäre der Plan mit seinem spektakulären Auftritt bei der Podiumsdiskussion noch immer zu realisieren.

„Nein, hier wird nicht gefilmt. Ich wurde tatsächlich entführt. Die Entführer dachten wohl, dass mich hier in diesem Sanierungsgebäude keiner finden würde."

„Ich werd verrückt!", stellte der Mann fest und machte einen Schritt ins Zimmer. Vorsichtig sah er sich um. „Sind die Typen vielleicht noch hier im Gebäude?"

„Kann ich mir nicht vorstellen", gab Duwe Golgatha, seine Ungeduld zügelnd, zurück. Der Bursche war ihm zu langsam. Duwe wollte schleunigst hier weg. Es bestand ständig die Gefahr, dass sein Entführer wieder auftauchte. Das konnte für ihn und seinen Retter unangenehm werden. „Es wäre schön, wenn Sie schleunigst ein Werkzeug organisieren könnten, um die Fessel zu öffnen. Am besten eine Metallsäge …"

Jetzt endlich schien sich der Mann gefasst zu haben. Mit wenigen Schritten trat er näher und betrachtete die Fußfessel genauer.

„Unten im Auto in meinem Werkzeugkoffer habe ich eine gute Metallsäge. Ich gehe mal runter und hole die Sachen. Es dauert aber etwas, weil der Aufzug ausgeschaltet ist."

„Bitte machen Sie schnell!", bat Golgatha.

Kopfschüttelnd eilte Freund im Schein der Scheinwerfer die Treppe hinunter. „Tz, tz, tz, eine Entführung. Das hält man im Kopf nicht aus", murmelte er dabei. „Was man als Hausmeister nicht alles erleben muss."

Duwe Golgatha lief derweil nervös im Raum hin und her, soweit es die Kette zuließ. Hoffentlich beeilte sich der Mann. Wenn jetzt der Entführer auftauchen würde, wäre alles verloren.

Es schien ihm eine Ewigkeit, bis Duwe draußen auf dem Flur wieder Geräusche hörte. Sein Befreier oder der Maskierte?

Etwas atemlos kam Freund über die Schwelle geeilt. In der linken Hand trug er einen blauen Werkzeugkasten aus Metall. Vor Golgatha setzte er den Kasten ab und entnahm ihm eine Metallsäge.

„Die Handschellen sind sehr stabil", erklärte er, „da muss ich ein entsprechendes Blatt verwenden." Mit routinierten Bewegungen tauschte er das Sägeblatt gegen ein anderes aus. „Setzen Sie sich am besten auf den Boden und halten Sie die Handschelle fest, damit ich sägen kann."

Duwe Golgatha fasste die Schelle mit beiden Händen, dann setzte Freund die Säge an der dünnsten Stelle an und begann zu arbeiten. Das Metall widersetzte sich tatsächlich den Sägezähnen und es gab nur langsame Fortschritte. Bald stand dem Mann der Schweiß auf der Stirn, doch er sägte verbissen weiter.

Nach langen zehn Minuten hatte es Freund endlich geschafft. Der Metallriegel war durchtrennt und gab den Knöchel frei.

„Sie sind Spitze!", freute sich Duwe Golgatha und schlug seinem Befreier begeistert auf die Schulter. „Jetzt müssen wir aber weg", drängte er. Freuen konnte er sich später.

Freund packte sein Werkzeug wieder zusammen, dann verließen die beiden den Raum. Als sie die Türschwelle überschritten hatten, blieb Freund abrupt stehen.

„Moment!", sagte er und machte einen Schritt zurück. „Ich will nur schnell das Licht ausmachen."

Duwe Golgatha verdrehte die Augen, sagte aber nichts, weil er sonst wieder mit langen Erklärungen rechnen musste. Eine Sekunde später waren sie im Schein der Taschenlampe auf dem Weg nach unten. Sie hatten gut die Hälfte der Stockwerke hinter sich, als Duwe seinen Begleiter plötzlich anhielt. „Licht aus!", befahl er flüsternd.

„Was …?", wollte Freund verwundert fragen, doch Golgatha hielt ihm den Mund zu.

„Ruhig!", flüsterte er Freund direkt ins Ohr. „Da kommt jemand!" Hastig griff er nach der Lampe und schaltete sie aus. Sofort war es stockfinster um sie herum. Jetzt konnte auch Freund ganz unten im Treppenhaus einen Lichtschein sehen.

„Mein Gott, was sollen wir jetzt machen?", stöhnte Freund ängstlich.

„Wir müssen uns verstecken!" Da es näher zum nächsthöheren als zum nächsttieferen Stockwerk war, zerrte Duwe den Hausmeister hinter sich her nach oben.

„Wir können gleich hier rechts ins erste Büro", flüsterte Freund. „Die Türen sind nicht abgeschlossen." Da er mit den

Örtlichkeiten vertraut war, übernahm er die Führung. Er packte Duwe Golgatha am Arm und tastete sich bis zur nächsten Bürotür vor. Schnell huschten sie hinein und schlossen die Tür lautlos bis auf einen Spalt. Ihre Herzen pochten so laut, dass sie das Gefühl hatten, man müsste ihren Schlag draußen hören. Mit dem Rücken an die Wand des Raumes gepresst, lauschten sie. Es dauerte eine ihnen endlos erscheinende Zeit, bis sie durch den Türspalt den sich nähernden Lichtschein erkennen konnten. Dann hörten sie Schritte und ein Räuspern. Als der Mann nur wenige Meter von ihnen entfernt den Treppenabsatz überwand, hielten beide unwillkürlich den Atem an. Einen Moment später entfernten sich die Tritte auf der Treppe nach oben und der Lichtschimmer verschwand. Beide warteten einige Zeit, bis sie glaubten, sicher zu sein.

„Oh Mann", stöhnte Duwe schließlich leise, „das war knapp!" Er öffnete die Tür und lauschte einen Moment. „Er ist weg, aber wir müssen uns nun schleunigst davonmachen. Sobald er merkt, dass ich verschwunden bin, wird hier die Hölle los sein, das können Sie mir glauben."

Die beiden schlichen zum Treppenhaus zurück. Freund steckte die Lampe hinter den Latz seines Blaumanns und schaltete sie ein. Der gedämpfte Lichtstrahl reichte, um sich auf der Treppe orientieren zu können. Wenige Minuten später verließen sie eilig das Haus.

Duwe Golgatha atmete eine Sekunde befreit die frische Nachtluft. Viel Zeit für die Freude über seine Befreiung konnte er sich allerdings nicht leisten.

Er wandte sich an den Hausmeister. „Haben Sie ein Auto dabei? – Wie heißen Sie eigentlich?"

„Mein Wagen steht dort drüben und ich heiße Ottfried Freund."

Duwe gab ihm die Hand. „Duwe Golgatha. Ich werde mich später bei Ihnen bedanken. Aber jetzt sollten wir schleunigst von hier verschwinden!"

Trotz des schweren Werkzeugkastens war Ottfried Freund ausgesprochen flott zu Fuß. Duwe hatte Mühe, ihm zu folgen. Die Druckstelle von der Fessel am Knöchel machte sich immer wieder unangenehm bemerkbar. Freund stellte den Werkzeugkasten in den Kofferraum, während sich Duwe Golgatha hastig auf den Beifahrersitz warf. Freund sprang hinter das Steuer und startete den Motor, dann fragte er: „Wo soll's eigentlich hingehen?"

„Erst mal weg von hier", gab Duwe drängelnd zurück. Freund nickte wortlos, gab Gas und der Kastenwagen zog an. Die Uhr im Display des Fahrzeugs zeigte zwanzig Uhr. Ihm war klar, dass er jetzt erst einmal für einige Zeit in der Versenkung verschwinden musste. Er hatte nicht vor, Anzeige zu erstatten, zumal er keine Beweise gegen irgendwelche Personen in der Hand hatte. Da gab es ganz andere, wirksamere Möglichkeiten, seine Entführung gegen seine Gegner auszuspielen. Als sie ein Stück in Richtung Stadtmitte gefahren waren, gab Duwe Golgatha Ottfried Freund die Zieladresse an. Um unterzutauchen, musste er unbedingt einige Dinge aus seiner Wohnung holen, unter anderem eine Ersatzarmbanduhr. Telefonieren musste er auch. Sein Handy hatte ihm der Entführer ja abgenommen.

*

Zu dem Zeitpunkt, als Duwe Golgatha von seinem Befreier vor seiner Wohnung abgesetzt wurde, erhielt Lisa-Lou, die im Büro ihrer Bar über der Buchführung saß, einen Anruf. Die Nachricht verschlug ihr den Atem. Wütend schrie sie mit sich überschlagender Stimme in den Hörer: „Golgatha ist geflohen? Paul, du bist ein absoluter Versager! Wie konnte das denn passieren?“ Sie lauschte mit angespannter Miene weiter, dann fauchte sie: „Das wird Folgen haben, das kann ich dir sagen!“ Sie knallte den Hörer auf die Station. Zornig zerknüllte sie ein Blatt Papier und warf es gegen die Wand. Das war eine Katastrophe! Duwe Golgatha konnte sich aufgrund der Informationen, die er besaß, leicht zusammenreimen, wer hinter seiner Entführung steckte. Natürlich hatte er keine Beweise, aber mit Sicherheit würde er jetzt erst recht gegen sie vorgehen. Jetzt steckte der Karren richtig im Dreck! Es blieb ihr nichts anderes übrig, als die Wahlkampfmanager der anderen Parteien zu informieren. Sie rief alle der Reihe nach an und lud zu einer sofortigen Krisensitzung in den Grafeneckart. Als Begründung nannte sie nur einen Satz: „Massive Probleme mit Duwe Golgatha!“ In den betroffenen Parteizentralen raste nach dem Anruf bei einigen Leuten schlagartig der Blutdruck in die Höhe.

*

Der Festnetzanschluss von Tommi H. läutete abends um kurz vor zehn. Er überlegte, ob er überhaupt abnehmen sollte, weil der Anrufer seine Rufnummernanzeige unterdrückt hatte. Da er Rottmann gebeten hatte, ihn jederzeit anzurufen, wenn es Neuigkeiten gab, ging er ran. Die Stimme des Anrufers durchfuhr ihn wie ein Blitzschlag.

„Mein Gott, Duwe, du bist es! Bin ich froh, deine Stimme zu hören! Wo bist du denn? Wir haben dich verzweifelt gesucht.“

„Das ist eine lange Geschichte“, gab Duwe Golgatha zurück. „Jetzt ist dafür nicht der richtige Zeitpunkt. – Ich habe im Moment ein ganz anderes Problem. Ich muss schleunigst für einige Tage untertauchen. Kannst du mir helfen?“

Bei Tommi H. wirbelten die Gedanken wild durch den Kopf. Das klang ja richtig gefährlich. Unwillkürlich dachte er an Andersson.

„Was soll ich machen?"

„Ich war gerade in meiner Wohnung und habe mir ein paar Sachen geholt. Jetzt sitze ich im Taxi auf dem Weg in die Stadt. Kann ich einige Tage bei dir bleiben? Es ist wirklich ein Notfall."

Ohne Zögern erwiderte Tommi H.: „Natürlich. Du kannst auf meiner Couch pennen."

„Danke", gab Golgatha zurück. „Bis in ein paar Minuten."

Tommi H. legte auf. Er musste an das Gespräch denken, das er mit Andersson geführt hatte. Als er ihm 10.000 Euro dafür bot, dass er am nächsten Tag die Stadt verließ, hatte der nur gelacht. Er bestand auf das Gespräch mit Golgatha.

Tommi H. stand auf und klappte die Wohnzimmercouch auseinander. Duwe Golgatha würde ihm einiges erklären müssen. Kurze Zeit später läutete es an der Tür. Duwe Golgatha betrat hastig die Wohnung seines Mitstreiters und ließ die Reisetasche im Flur fallen. Er war blass und schien erschöpft. Im Wohnzimmer fiel er in einen Sessel und stieß heftig den Atem aus. „Wir müssen uns dringend unterhalten!"

„Das kann man wohl sagen", erwiderte Tommi H. „Kann ich dir etwas zu trinken anbieten?"

„Wenn du ein Wasser hättest."

Nachdem sein Gast versorgt war, setzte sich auch Tommi H. „Fang an", forderte er Duwe auf. „Ich bin gespannt."

Duwe Golgatha berichtete ihm von der Entführung und äußerte den Verdacht, dass seine politischen Gegner hinter der Sache stecken könnten.

„Der Vorteil ist, mit Ottfried Freund, der mich befreit hat, habe ich einen wunderbaren Zeugen, der meine Gefangenschaft bestätigen kann. Damit kann man doch etwas anfangen."

Tommi H. blieb der Mund offen stehen. Nach einigen Überlegungen teilte er Duwes Meinung. Es gab kaum andere Möglichkeiten.

„Ich hatte natürlich auch überlegt, ob ich die Kripo einschalten soll, aber dann müsste ich unter Umständen jetzt schon unsere Strategie für die Podiumsdiskussion verraten. Das wäre ein gefundenes Fressen für die Presse. Da würde die ganze Überraschung verpuffen."

Tommi rieb sich die Nase. „Es gibt da noch einen gewichtigen Grund, der uns wohl am Einschalten der Polizei hindern wird."

Duwe sah ihn fragend an.

„Mich hat vor kurzem ein gewisser Nils Andersson angesprochen. Der Mann ist vor einigen Tagen von Schweden hierhergeflogen, weil er unbedingt mit dir Kontakt aufnehmen will." Tommi H. zögerte kurz, dann fuhr er fort: „Er war bei mir im Verlag und hat einige geheimnisvolle Andeutungen gemacht, weshalb er mit dir reden will. So wie sich das anhörte, roch das stark nach Erpressung. Du kannst dir ja vorstellen, dass ich nicht gerade sehr freundlich reagiert habe. Ich wollte ihn schon rauswerfen, als er mir ein paar Einzelheiten genannt hat, die mich aufhorchen ließen. Dann kam von ihm die klare Ansage: Wenn du nicht auf seine Wünsche eingehst, will er sich an die Presse wenden. Das alles hörte sich ziemlich explosiv an. Ich muss dir nicht sagen, was dieser Schöpf-Kelle von der *Mainpostille* mit so einem Stoff alles anstellen könnte. Deswegen habe ich mich noch einmal mit dem Mann getroffen und versucht mit ihm zu reden. Ich habe ihm sogar Geld angeboten, was er strikt abgelehnt hat. Der Kerl ist stur wie ein Ochse." Tommi H. sah seinen Gast mit gerunzelter

Stirn an. „Schenk mir bitte reinen Wein ein, Duwe. Was ist an der Sache dran? Sind das Hirngespinste eines Irren oder kann er dir und damit auch uns mit seinem Wissen schaden? Falls ja, müssen wir schleunigst wirksame Gegenmaßnahmen ergreifen! Bis zur Podiumsdiskussion sind es nur noch wenige Tage und bis zum Wahltag noch gute zwei Wochen. Duwe, wir müssen an die gemeinsame Sache denken. Wir sind doch sooo knapp vor dem Ziel!"

Duwe Golgatha saß grübelnd im Sessel und sagte eine Weile gar nichts. Schließlich atmete er schwer durch und brach sein Schweigen.

„Das ist eine uralte Geschichte aus dem späten 19. Jahrhundert. Es handelt sich um ein Familiengeheimnis, das von uns Golgathas immer sehr diskret behandelt wurde." Er schüttelte den Kopf. „Es ist schon höchst merkwürdig, welch seltsames Spiel das Schicksal manchmal treibt."

„Dieser Andersson erzählte mir, seine Schwester, eine Historikerin, sei durch Zufall in der privaten Historiensammlung von Stadtrat Fettschräuble auf die Spur dieses Geheimnisses gestoßen. Offenbar haben sich die Lebenswege der Familien Andersson und Golgatha in den achtziger Jahren des 19. Jahrhunderts auf schicksalhafte Weise gekreuzt."

„Das weiß ich jetzt nicht", gab Golgatha zurück, „weil mir der Name Andersson nichts sagt. Fakt ist aber, dass einer meiner Vorfahren offenbar in ein Komplott verwickelt war, das mit dem Tod von Jöns Person Lindahl zu tun hat. Lindahl war Schwede, Andersson ist es auch. Die Zusammenhänge sind mir allerdings nicht ganz klar."

„Ich erinnere mich", antwortete Tommi. „Der Name stand doch kürzlich in der *Mainpostille*. Er war der Schöpfer des Würzburger Ringparks und soll damals Selbstmord begangen haben."

Golgatha nickte. „Das ist die offizielle Version der Geschichte."

„... und die inoffizielle? Andersson muss doch Gründe haben, weshalb er so hinter dir her ist."

Golgatha zögerte einen Moment. Es kostete ihn offenbar Überwindung weiterzusprechen. „Vor einiger Zeit habe ich im Geheimfach eines ererbten antiken Schreibtisches ein Testament gefunden. Nach der dortigen Beschreibung hat sich die Geschichte mit Lindahl folgendermaßen zugetragen ..."

Es wurde eine lange Nacht, in der die beiden Männer kein Auge zutaten.

Freitag, der 28. Februar

Erich Rottmann und Öchsle verließen die Wohnung kurz nach sieben Uhr. Weil Rottmann nicht von Elvira gesehen werden wollte, drückte er sich dicht an der Hauswand entlang, in Richtung Sanderstraße. Er musste sich endlich um seine Ermittlungsaufträge kümmern und hatte wirklich keine Lust, sich von Elvira wieder die beiden Möpse aufs Auge drücken zu lassen. Rottmann überquerte die Sanderstraße und marschierte über den Peterplatz in Richtung Ottostraße und Glacis. So konnte Öchsle sich auf dem Weg nach Grombühl ein bisschen austoben. Die Lindleinstraße, wo Duwe Golgatha nach Auskunft dieses Leon wohnte, lag im oberen Bereich des Stadtteils, es war also eine ganz schöne Wegstrecke zurückzulegen.

Eine gute Dreiviertelstunde später kam Rottmann an. Er war ziemlich außer Atem, weil es den letzten Kilometer fast nur bergauf gegangen war. Bei der Wohnadresse von Duwe Golgatha handelte es sich um ein Sechsfamilienhaus. Erich Rottmann betrat den Plattenweg zum Hauseingang und studierte die Namensschilder. Duwe Golgathas Wohnung lag im ersten Stock rechts. Kurz entschlossen drückte Rottmann den Klingelknopf. Erwartungsgemäß geschah nichts. Während er noch darüber nachdachte, was er als nächsten Schritt unternehmen sollte, konnte er durch die geriffelte Glasscheibe der Haustür eine Bewegung erkennen. Rottmann und Öchsle traten einen Schritt zurück. Die Tür ging auf und eine ältere Dame in Jogginganzug und Anorak, in den Händen Walkingstöcke, kam heraus. Sie unterzog Rottmann einer kurzen kritischen Prüfung, dann entdeckte sie Öchsle und ein Lächeln überzog ihr Gesicht.

„Ach, haben Sie da aber ein liebes Hundchen", säuselte sie mit erhöhter Stimmlage. „Wissen Sie, als mein Ludwig selig noch lebte, hatten wir auch einen Hund, die Haika. Die hat auch so treuherzig geguckt wie Ihrer. Wie heißt er denn?"

„Öchsle", erwiderte Rottmann und gab sich betont aufgeschlossen. Er sah hier eine unerwartete Möglichkeit, an ein paar Informationen zu kommen. Schnell hatte er die Frau eingeordnet: fröhliche Witwe, lebenslustig, an ihrer Umwelt interessiert, sehr kommunikativ. „Ja, er ist ein ganz lieber Bursche. Ich wüsste auch nicht, was ich ohne ihn machen sollte." Er warf einen Blick zur Haustür. „Ich wollte gerne zu meinem Freund Duwe, aber anscheinend ist Herr Golgatha nicht zuhause."

„Ach, der Herr Golgatha, das ist vielleicht ein netter Mann! Er ist stets gut gelaunt, immer hilfsbereit und sieht auch noch gut aus. Ich kann Ihnen sagen, wenn ich zehn Jahre jünger wäre …" Sie lächelte verträumt. „Sie sind ein Freund von ihm? Ich habe Sie hier noch gar nicht gesehen."

„Wissen Sie, ich bin schon länger nicht mehr in Würzburg gewesen …" Gelegentliche Notlügen gehörten nun einmal zum Repertoire eines guten Ermittlers.

„Verstehe. Ich bin übrigens Frau Renner. Meine Wohnung liegt der von Herrn Golgatha direkt gegenüber. Da bekommt man, natürlich ungewollt, das eine oder andere mit. Herr Golgatha ist ein ausgesprochen seriöser Mann. Bei seinem Beruf ist Seriosität aber auch Grundvoraussetzung."

„Haben Sie vielleicht eine Ahnung, wann er wieder zurück sein könnte?" Rottmann versuchte, sie irgendwie wieder in die Spur zu bekommen.

„Tut mir leid, ich habe ihn seit gestern Abend nicht mehr gesehen."

Rottmann wurde aufmerksam. „So, gestern Abend."

„Ja, er kam nach zwanzig Uhr. Ich weiß das deshalb so genau, weil gerade die Nachrichten vorüber waren. Nach ungefähr zwanzig Minuten schlug wieder seine Wohnungstür. Von meinem Balkon aus habe ich zufällig einen Blick auf die Straße geworfen. Herr Golgatha verließ eilig mit einer Reisetasche das Haus und stieg in ein wartendes Taxi. Ich vermute, dass der arme Mann wieder zu einem eiligen dienstlichen Einsatz musste. Immer diese Nachtdienste! Schon vor ein paar Tagen kam er spät nachts nach Hause. Ich konnte nicht schlafen, deshalb habe ich es mitbekommen. Zehn Minuten später ist er schon wieder mit einem Mann davongefahren. Ich war für einen Moment auf den Balkon getreten, um frische Luft zu schnappen. Dann war er weg, bis gestern Abend. Seitdem habe ich ihn nicht mehr gesehen. Der arme Mann hat ja so viel um die Ohren. Wo er sich obendrein doch auch noch politisch so stark engagiert. Meine Stimme bei der Wahl hat er auf jeden Fall."

Erich Rottmann war natürlich klar, dass Golgathas nächtliche Abwesenheiten nichts mit seinem Beruf zu tun haben konnten. Um Betrüger zu schnappen, waren keine Nachtdienste erforderlich. Der Frau gegenüber zuckte er bedauernd mit den Schultern. „Pech gehabt! Da kann man leider nichts machen. Da werde ich halt in ein paar Tagen noch einmal mein Glück versuchen."

„Kann ich Herrn Golgatha etwas ausrichten?", wollte Frau Renner hilfsbereit wissen.

„Nein, danke, ich würde ihn gern überraschen. Vielen Dank für Ihre freundliche Auskunft."

„Keine Ursache, Herr …", entgegnete die Frau. Aber da war Rottmann schon weitergelaufen. Öchsle beeilte sich, hinterherzukommen.

Frau Renner blickte ihm noch einen Augenblick nach.

Auch ein sehr netter Mann, auch wenn er sich ihr nicht vorgestellt hatte. Ein richtiges gestandenes Mannsbild, dachte sie bei sich. Durchaus ihr Geschmack. Schließlich seufzte sie leise, dann marschierte sie flott, mit ihren Walkingstöcken stakend, in die entgegengesetzte Richtung davon.

Erich Rottmann spazierte wieder in Richtung Stadt. Er hatte eigentlich mehr erfahren, als er sich erhoffte. Da kam ihm ein Gedanke. Als er an einem Wartehäuschen der Straßenbahn vorbeikam, ließ er sich auf eine der Bänke fallen und nahm sich sein Handy. Er drückte eine Kurzwahltaste, dann wartete er.

„K1, Deichler", meldete sich sachlich eine bekannte Stimme.

„Hallo Florian", entgegnete Rottmann, „hier Erich. Schön, dass ich dich erreiche."

„Ja der Erich Rottmann", kam es erfreut über die Leitung. „Wir haben uns ja schon längere Zeit nicht mehr gesprochen. Ich hatte schon die Befürchtung, dass du jetzt tatsächlich in den Ruhestand getreten bist."

„Da kannst du lange warten", gab Rottmann zurück. „Ohne meine Mithilfe wäre die Würzburger Mordkommission doch total verloren."

Florian Deichler, stellvertretender Leiter der Würzburger Mordkommission und beruflicher Ziehsohn von Erich Rottmann, lachte belustigt.

„Also gut, wenn du meinst. Was kann ich denn für dich tun? Du bist doch hoffentlich nicht über eine Leiche gestolpert?"

„Nein, da kann ich dich beruhigen. Eigentlich hätte ich von dir nur gern eine Auskunft."

„So, nur eine Auskunft", echote Deichler. Seine Stimme bekam plötzlich einen vorsichtigen Unterton. Sein ehemaliger

Chef rief ihn niemals nur wegen einer harmlosen Auskunft an.

„Du kennst doch den Kollegen Duwe Golgatha vom Betrugsdezernat?"

„Natürlich", entgegnete Deichler vorsichtig.

„Nun, könntest du bitte für mich herausfinden, ob er sich in den letzten Tagen in einem dienstlichen Einsatz außerhalb Würzburgs befand oder gerade befindet?"

Deichler überlegte einen Moment, was der Grund für Rottmanns Interesse sein könnte, dann antwortete er ausweichend: „Erich, du weißt, dass ich über dienstliche Einsätze keine Auskunft geben darf. Auch dir nicht."

„Mein Gott, Florian, ich will doch gar nicht wissen, in welchem konkreten Kriminalfall Golgatha gerade ermittelt. Mein Interesse geht in eine andere Richtung. Du weißt doch, er ist Stadtrat und er steckt mitten im Kommunalwahlkampf. In diesem Zusammenhang müsste ich ihn wirklich dringend mal sprechen. Das ist alles."

„Erich, von deinem politischen Engagement wusste ich ja gar nichts. Willst du jetzt etwa auch in den Stadtrat?"

Rottmann gab ein unwilliges Grunzen von sich. „Nein, danke, ich bevorzuge den Stammtisch. Da wird an einem Abend mehr entschieden als im Stadtrat während einer ganzen Legislaturperiode. – Also was ist? Kannst du mir die Info beschaffen?"

Deichler atmete tief durch. „Also gut, ich kann mich ja mal erkundigen. Wenn ich was weiß, rufe ich dich an."

Rottmann bedankte sich und steckte das Mobiltelefon wieder in die Joppentasche, bevor er seine bereits gestopfte Bruyère herauszog und den Tabak in Brand setzte. Einen Moment später erhob er sich und marschierte dampfend in Richtung Innenstadt weiter. Schon in der Semmelstraße läutete sein Telefon. Florian Deichler war am Apparat.

„Also, Erich, Kollege Golgatha ist zurzeit gar nicht im Dienst. Er hat sich heute früh telefonisch bei seinem Vorgesetzten für den restlichen Wahlkampf Dienstbefreiung genehmigen lassen. Bis zum Wahltag wird er hier nicht mehr erscheinen."

„Aha, verstehe", brummelte Rottmann. Dann bedankte er sich bei seinem ehemaligen Mitarbeiter und beendete das Gespräch. Grübelnd ging er weiter. Ein bisschen merkwürdig war das schon. Erst war Golgatha angeblich verschwunden und seine politischen Mitstreiter wie auch seine Gegner suchten nach ihm, dann tauchte er unvermutet wieder auf und verschwand erneut. Plötzlich spürte Erich Rottmann wieder einmal das bekannte Kribbeln in der Nase, das ihm sagte, dass hier ein Kriminalfall in der Luft lag.

Jetzt hatte Rottmann aber erst einmal ein anderes Ziel. Sein Magen knurrte und zeigte ihm an, dass es Zeit war für eine ordentliche Portion Leberkäs und einen Schoppen, also für den Stammtisch.

*

Tommi H. stand um halb acht in der Küche und schloss gerade das Filtertütenfach der Kaffeemaschine. Diesen neumodischen Kapselmaschinen konnte er nichts abgewinnen. Duwe Golgatha stand noch unter der Dusche. Während die Maschine vor sich hinblubberte und Tommi den Frühstückstisch deckte, überlegte er sich fieberhaft die nächsten Schritte. Was ihm Duwe Golgatha eröffnet hatte, konnte wirklich zu großen Schwierigkeiten für die NWW führen. Das musste unterbunden werden! Auf den Hoffnungsträger Duwe Golgatha durfte kein schiefes Licht fallen, das konnte ihnen den fast schon greifbaren Wahlerfolg kosten. Duwe konnte gerne ein paar Tage bei ihm wohnen, das war keine Frage. Zum schwer kalkulierbaren Problem konnte dagegen dieser Rottmann werden, den Leon mit Nachforschungen beauftragt hatte. Wenn der alte Schnüffler durch Zufall auf Golgathas Familiengeheimnis stieß, reagierte er vielleicht anders, als es der derzeitigen brisanten politischen Situation zuträglich war. Auch das musste verhindert werden. Zwei große Baustellen, die geschicktes Management verlangten. Tommi griff zum Telefon und hatte wenig später Leon in der Leitung.

„Hallo Leon, ich wollte dir nur mitteilen, dass Duwe wieder aufgetaucht ist."

„Das ist ja super", gab der Anwalt erfreut zurück. „Wo war er denn um Himmels willen abgeblieben?"

„Einzelheiten dazu später mündlich und nicht am Telefon", erklärte Tommi bestimmt. „Noch eine Bitte: Pfeifst du diesen Rottmann zurück, den du mit den Nachforschungen nach Duwe beauftragt hast? Aus unserer Sicht hat sich sein Auftrag ja erledigt."

„Ja, na klar", erwiderte Leon. „Ich werd ihn gleich anrufen. Was soll ich sagen, wenn er fragt, wo Duwe gewesen war?"

„Sag einfach, er sei dienstlich mehrere Tage unterwegs gewesen und hatte uns, weil die Angelegenheit so eilig war, vorher nicht informieren können."

Mit nassen Haaren, aber vollständig bekleidet kam Duwe Golgatha in die Küche.

„Ich habe Leon angerufen und gebeten, dafür zu sorgen, dass Rottmann nicht weiter nach dir sucht."

„Okay", gab Duwe zurück und setzte sich an den Tisch. „Ich dachte, du müsstest ins Büro!" Er wies verwundert auf die beiden Gedecke.

„Tu ich auch", gab Tommi zurück und holte die Butterdose aus dem Kühlschrank. „Wenn ich etwas später komme, macht das gar nichts."

Nachdem der Toaster die Weißbrotscheiben gebräunt ausgeworfen hatte, begannen sie wortlos zu essen. Jeder war mit seinen eigenen Gedanken beschäftigt.

Wenig später verließ Tommi H. seine Wohnung. Er hatte eine Entscheidung getroffen, die er aber noch für sich behielt.

*

Leons Anruf erreichte Erich Rottmann beim Stammtisch. Normalerweise ging er dort nicht an den Apparat. Anhand der Nummer konnte er jedoch erkennen, dass es der Rechtsanwalt war, in dessen Namen er ermitteln sollte. Vielleicht war es wichtig. Um seine Stammtischbrüder nicht zu belästigen, erhob er sich von der Bank, murmelte eine Entschuldigung und verließ das Stammlokal. Öchsle folgte ihm selbstverständlich auf dem Fuß.

„Wahrscheinlich Elvira, die ihn wieder zur Betreuung ihrer Möpse ruft", lästerte Ron Schneider augenzwinkernd seinem Stammtischbruder hinterher. Das Gelächter der Stammtischfreunde folgte Rottmann bis auf die Straße.

„Hier Leon", meldete sich der Rechtsanwalt. „Herr Rottmann, zu meiner Freude kann ich Ihnen mitteilen, dass Duwe Golgatha wieder aufgetaucht ist. Er war auf einer mehrtägigen Dienstreise und konnte uns vorher nicht informieren. Vielen Dank für Ihre bisherige Mühe. Ich hoffe, Sie haben in die Suche noch nicht allzu viel Zeit investiert." Nach einer kurzen Gesprächspause fuhr er fort: „Herr Rottmann, ich wäre Ihnen sehr verbunden, wenn Sie diese Information streng vertraulich behandeln würden. Es gibt bestimmte politiktaktische Gründe, weshalb das Auftauchen von Herrn Golgatha in der Öffentlichkeit noch nicht bekannt werden sollte. Sie verstehen?"

„Geht in Ordnung", brummte Rottmann, obwohl er eigentlich gar nichts verstand, und verabschiedete sich. Diese Parteikungeleien interessierten ihn wirklich nicht. Während er in das Stammtischlokal zurückging, dachte er darüber nach, warum ihn dieser Leon in Bezug auf die angebliche Dienstreise Golgathas angelogen hatte. Für ihn selbst stellte sich jetzt darüber hinaus die Frage, ob er Nils Andersson über das Auftauchen Golgathas informieren sollte. Irgendwie befand er sich in einem Konflikt. Wobei er ja eigentlich gar nicht wusste, wo sich der Heimgekehrte im Augenblick konkret aufhielt.

Montag, der 3. März

Schöpf-Kelle hatte für Sensationen einen ausgeprägten Sensor. Speziell in der Zeit vor der Kommunalwahl waren seine diesbezüglichen Antennen besonders hoch ausgefahren. Immer wieder trieb er sich in den Parteizentralen herum oder platzte überraschend in Besprechungen hinein, um etwas aus erster Hand zu erfahren. Regelmäßig wurde er dann zwar hinauskomplimentiert, das störte ihn aber nicht weiter. Oft waren Parteifreunde am Rande solcher Gespräche nicht abgeneigt, eine Information – natürlich in aller Vertraulichkeit – durchzustechen. Besonders, wenn sie sich davon einen eigenen Vorteil für den Wahlkampf versprachen. Eines war aber auch klar: Wenn Schöpf-Kelle Vertraulichkeit zusicherte, war das ungefähr so viel wert, als würde ein Fuchs im Hühnerstall den Hennen versichern, er sei Vegetarier. Zurzeit kreiste er besonders penetrant um die Wahlmanager der etablierten Parteien herum. Er spürte die Vibrationen der Nerven, die hinter einem optimistischen Lächeln verborgen wurden. Ähnliches verspürte er bei den Mitgliedern des Führungszirkels der NWW. Schöpf-Kelle war sich absolut sicher, dass in diesem Wahlkampf etwas im Untergrund brodelte, was unter allen Umständen nicht ans Licht der Öffentlichkeit sollte. Der hochmotivierte Journalist war fest entschlossen, dieses Geheimnis aufzudecken. Der Wähler hatte ein Anrecht auf die Wahrheit!

Auf diese Weise erfuhr der Reporter auch von einem Schweden namens Nils Andersson, der sich in der Stadt aufhalten sollte, um mit Duwe Golgatha eine familiäre Angelegenheit zu besprechen. Von verschiedenen Seiten wurden Gerüchte kolportiert, was der Grund für diese Familiensache sein könnte. Eine besonders ins Kraut schießende Vermutung gipfelte in der Behauptung, Duwe Golgatha habe mit einer in Würzburg lebenden Schwedin ein Kind und wollte sich vor seiner Verantwortung drücken. Jetzt sei ihr Bruder in die Stadt gekommen, um die entsprechenden Ansprüche gegen Golgatha durchzusetzen. Über solche Gerüchte konnte er natürlich nicht schreiben. Deshalb hätte er sie gern mit Fakten untermauert. Dazu wäre aber ein Interview mit Golgatha erforderlich gewesen, das dieser, wie sein Sprecher Tommi H. erklärte, im Augenblick verweigerte. Duwe Golgatha schien im Moment wie vom Erdboden verschluckt. Seine Dienststelle gab natürlich auch keine Auskunft. Schöpf-Kelle blieb nichts anderes übrig, als sich der anstrengenden Methoden eines Enthüllungsjournalisten zu bedienen. Da die fünf Bürgermeisterkandidaten die gegenseitige freundliche Umarmung pflegten, beschloss Schöpf-Kelle, sich an die Fersen von Tommi H. zu heften. Dies praktizierte er jetzt schon seit einer Woche. Dabei bediente er sich seines Motorrollers als fahrbaren Untersatz. Dieses Zweirad war unauffällig, im Straßenverkehr flexibel und durch den Sturzhelm war er auch ausreichend getarnt. Auf diese Weise hatte der Verleger Tommi H. bereits seit drei Tagen einen unauffälligen Schatten, der ihn überallhin begleitete. An dem bewussten Abend, als sein Adrenalinspiegel innerhalb von Sekunden in höchste Höhen getrieben wurde, war er schon ein Stück von Tommi H.s Wohnung weg auf dem Weg nach Hause gewesen, als ihm in der Straße ein Taxi entgegenkam. Blitzschnell bremste er ab und rollte auf einen Parkplatz, der sich neben einem Altglascontainer befand und daher von Tommi H.s Haus nicht eingesehen werden konnte. Schöpf-Kelle klappte das Visier seines Helms in die Höhe und hob den Fotoapparat mit dem Teleobjektiv.

„Na, wer sagt's denn!", knurrte er zufrieden, als er den auffälligen blonden Haarschopf erkannte, das Markenzeichen von Duwe Golgatha. Mehrmals klackte der Verschluss der Kamera. „Jetzt hab ich dich. Das Versteckspiel hat ein Ende. Morgen werden wir mal ein paar Takte miteinander sprechen." Schöpf-Kelle klappte das Visier herunter, startete den Motor und gab Gas.

Dienstag, der 4. März

Am nächsten Morgen wurde Schöpf-Kelle richtig aktiv. Die Adresse, unter der er Nils Andersson erreichen konnte, war nicht schwer herauszufinden. Eine Freja Andersson war mit Hilfe eines elektronischen Telefonbuchs im Internet zu ermitteln. Sie war die einzige dort eingetragene Frau mit dem Namen Andersson in der Stadt. Sekunden später hob Schöpf-Kelle den Hörer ab und wählte die Nummer. Er ließ es lange läuten, doch niemand nahm ab. Es wäre auch zu schön gewesen, wenn er Andersson gleich beim ersten Versuch erreicht hätte. Er überlegte einen Moment, dann griff er sich seinen Helm und eilte zum Motorroller.

Nach knapp fünfzehn Minuten stand er vor dem Haus von Tommi H. Jetzt würde er den Stier bei den Hörnern packen, nahm sich der Reporter vor und studierte das Klingelschild. Beherzt drückte er den Klingelknopf. Irgendwo im Haus ertönte ein Türgong. Auch nach nochmaligem Läuten erfolgte keine Reaktion. Schöpf-Kelle war jetzt nicht besonders enttäuscht. Er hatte sich so etwas fast gedacht. Duwe Golgatha wollte untergetaucht bleiben. Aber einen Versuch war es wert gewesen. Nun ja, er würde seine Beute schon aus der Deckung treiben. Er eilte zum Roller und schwang sich auf den Sattel.

Zwei nervöse Augen beobachteten die Abfahrt des Journalisten durch ein Fenster des Hauses. Selbstverständlich kannte Duwe Golgatha den Reporter und ihm war auch klar, dass der Typ nicht so schnell aufgeben würde. Wieso eigentlich wollte er zu dieser Tageszeit Tommi zuhause sprechen? Dieser Kerl wusste doch unter Garantie, wo der Verleger arbeitete. Das war merkwürdig. Aber von seiner Anwesenheit hier konnte Schöpf-Kelle doch nichts wissen. Oder doch? Ihm trat der Schweiß auf die Stirn. Es wurde höchste Zeit, dass der Tag der Offenbarung kam. Lange konnte er diesen Stress nicht mehr ertragen.

Schöpf-Kelle näherte sich dem Verlagsgebäude um die Mittagszeit. Er parkte seinen Motorroller in erreichbarer Nähe, dann schloss er den Sturzhelm im Helmsafe des Rollers ein. Schöpf-Kelle war nur noch knapp fünfzig Meter vom Eingang entfernt, als die Tür aufging und Tommi H. eilig das Verlagshaus verließ. Zum Glück waren ziemlich viele Leute unterwegs, so dass sich der Reporter unschwer in der Menschenmenge verstecken konnte. Der Wahlmanager der NWW schien sehr in Gedanken zu sein und schenkte seiner Umgebung kaum Aufmerksamkeit. Der Journalist überlegte einen Moment, ob er seinen Roller holen sollte, ließ es aber dann, weil er befürchtete, Tommi H. zu verlieren. Im erforderlichen Sicherheitsabstand folgte er dem Mann, der ahnungslos durch die Theaterstraße hastete.

Zehn Minuten später überquerte der Verleger die Ampel am Residenzplatz und marschierte quer über den Platz. Schöpf-Kelle rannte bei Rot über die Straße, was ihm ein paar deftige Bemerkungen einiger Autofahrer eintrug.

Verdeckt durch die dort parkenden Fahrzeuge, war die weitere Verfolgung einfach. Kurze Zeit später betrat Tommi H. den Hofgarten. Schöpf-Kelle folgte ihm vorsichtig. Trotz des milden Winters war es für ein Sonnenbad auf den Parkbänken noch zu kühl. Schöpf-Kelle, der sich im hinteren Bereich der Residenzgaststätten herumdrückte, konnte sehen, dass sich der Verleger eine Parkbank im ruhigeren Bereich des Parks suchte. In seinem Rücken stand eine immergrüne Hecke. Dort ließ er sich nieder.

Um nicht aufzufallen, schlenderte Schöpf-Kelle langsam über einen der Seitenwege der Gartenanlage, von wo aus er von Tommi H. nicht gesehen werden konnte. Er war wirklich gespannt, was jetzt geschehen würde. Seine Geduld wurde nicht lange auf die Probe gestellt. Wenig später betrat ein hochgewachsener blonder Mann den Hofgarten und sah sich suchend um. Schöpf-Kelle schenkte er keine Beachtung, denn er hatte sein Ziel schnell erkannt. Er nahm neben Tommi H. Platz. Für Schöpf-Kelle Zeit zum Handeln.

Im Zeitlupentempo schlich er die Hecke entlang. Während des Laufens zog er sein Aufnahmegerät heraus und schaltete es ein. Bald ertönten aus dem Gerät zwei Stimmen, die ihm anzeigten, dass er direkt hinter ihnen auf der anderen Seite der Hecke stand. Die Blätter waren absolut blickdicht. Angespannt lauschte er.

„Sie haben mich hierherbestellt, damit ich Herrn Golgatha treffen kann?“, sagte eine Stimme mit schwedischem Akzent. „Ich kann ihn aber nirgendwo sehen!“ Der Mann war verärgert.

Schöpf-Kelle hielt den Atem an. Volltreffer! Eine heiße Sache! Er hielt das Aufnahmegerät gegen die Hecke, damit ihm auch kein Wort des Gesprächs entging. Der Reporter war von den beiden lediglich einen guten Meter entfernt.

„Herr Andersson, da haben Sie mich falsch verstanden. Ich sagte lediglich, dass ich ein Gespräch mit Duwe Golgatha arrangieren könnte. Aber doch nicht hier, in aller Öffentlichkeit, am helllichten Tag. Die Probleme mit der Presse habe ich Ihnen doch schon erläutert.“

Schöpf-Kelle musste grinsen. Wenn der wüsste.

„Ja, ja, Sie sagten das bereits mehrmals. Aber ich habe das Gefühl, dass Sie mich nur hinhalten wollen, bis die Wahl vorüber ist. Ich bin mit meiner Geduld am Ende. Entweder das Gespräch kommt heute zustande oder ich spreche morgen mit den Journalisten! Mir stehen aussagekräftige Unterlagen zur Verfügung. Notfalls veröffentliche ich sie auch ohne Aussprache mit Herrn Golgatha."

„Deshalb bin ich ja hier", versuchte Tommi H. seinen Gesprächspartner zu beruhigen. „Ich schlage vor, dass wir uns heute Abend um neunzehn Uhr im Biergarten am Glashaus treffen. Um diese Jahreszeit ist der Biergarten geschlossen und es ist bereits dunkel. Auf dem Gelände werden wir völlig ungestört sein. Haben Sie ein Auto zur Verfügung?"

„Ich kann den Wagen meiner Schwester nehmen", erklärte der Schwede unwirsch. „Wo ist dieser Platz?"

„Sie müssen in Richtung Randersacker fahren", beschrieb Tommi H. „Etwa einen Kilometer nach dem Ortsschild steht eine Hinweistafel. Es geht dann rechts runter zum Main. Dort gibt es Parkplätze. Das ist der Treffpunkt."

„Also gut, ich werde kommen. Aber keine krummen Touren. Falls das Treffen wieder nicht zustande kommt, wird das der letzte Versuch sein! Meine Geduld ist wirklich am Ende!"

Schöpf-Kelle hatte genug gehört. Das Gespräch ging dem Ende entgegen und er musste zusehen, dass er verschwand. Vorsichtig, um keine Geräusche zu machen, entfernte er sich auf dem schmalen Grasstreifen, der längs der Hecke verlief. Den Hofgarten verließ er über einen anderen Seitenausgang. Er hatte regelrecht Jagdfieber! Schöpf-Kelle roch eine Sensation einen Kilometer gegen den Wind! Der Reporter kannte den Biergarten, den er im Sommer schon häufiger besucht hatte. Dort am Main gab es jede Menge Möglichkeiten, sich zu verstecken. Er würde auf jeden Fall rechtzeitig dort sein.

*

Kurz nach 18 Uhr war Schöpf-Kelle vor Ort. Als Gefährt hatte er wieder den Motorroller gewählt. Er war leicht zu verstecken und mit ihm konnte er auch über schmale Wege verschwinden.

Der Reporter hatte sein gesamtes illegales Equipment eingepackt, mit dessen Hilfe er auch für die schwierigsten Recherchen gerüstet war. Dazu gehörte unter anderem ein hochsensibles Richtmikrofon, das mit einem Kopfhörer und einem digitalen Aufnahmegerät verbunden war. Mit dabei war auch eine Kamera mit infrarotfähigem Nachtsichtaufsatz, der auch bei völliger Dunkelheit Bilder ermöglichte.

Schöpf-Kelle suchte sich ein Versteck. Es gab genug Hecken, hinter denen man sich unsichtbar machen konnte. Der Journalist hatte sich entsprechend dunkel gekleidet, auf dem Kopf trug er eine Basecap, deren langes Schild sein Gesicht im Dunkeln beließ. Nachdem er drei Plätze ausgekundschaftet hatte, entschied er sich für einen, von dem aus er die Abfahrt von der Bundesstraße zum Main im Auge behalten konnte. So würde er sehen, wenn seine Zielpersonen eintrafen. Er ließ sich auf einen der großen Steine nieder und wartete. Ein Blick auf die Uhr sagte ihm, dass es nicht mehr lange dauern konnte.

Fünf Minuten vor der vereinbarten Zeit bog ein Pkw von der Bundesstraße ab und kam die Zufahrt heruntergefahren. Seine Scheinwerfer bohrten sich in die Dunkelheit und leuchteten den am Mainufer liegenden Parkplatz des Biergartens aus. Das Fahrzeug wurde abgestellt, der Motor verstummte, Wagentüren schlugen. Im Schein der Innenraumbeleuchtung konnte Schöpf-Kelle zwei Personen erkennen. Es handelte sich um Tommi H. und Duwe Golgatha. Schöpf-Kelle hatte bereits den Kopfhörer auf und hielt den Trichter des Mikrofons in die Richtung der Angekommenen.

„Mist“, fluchte er dann leise, denn die beiden standen in der Deckung des Wagens, so dass ihre sehr leise gesprochenen Worte lediglich ein unverständliches Gemurmel waren. Er musste näher ran! Sollte er warten, bis auch der Schwede eingetroffen war? Vorsichtig bewegte sich Würzburgs wagemutigster Reporter aus der Deckung heraus zur nächsten Hecke. Jetzt war er deutlich näher, konnte aber immer noch nichts verstehen, weil die beiden offenbar schwiegen. Wo blieb nur dieser verdammte Andersson? Möglicherweise hatte er Schwierigkeiten, den Platz zu finden. Schöpf-Kelle, der sich in einer etwas verkrampften Körperhaltung befand, richtete sich kurz auf, um seine Wadenmuskulatur zu entspannen. Da hatte er plötzlich ein merkwürdiges Gefühl. Instinktiv drehte er sich um. Vielmehr wollte er es. In der halben Drehung erhielt er einen harten Schlag auf den Kopf, der bei ihm sofort alle Lichter löschte.

Duwe Golgatha und Tommi H. schraken zusammen, als plötzlich völlig lautlos eine hochgewachsene Gestalt aus der Dunkelheit in ihr Gesichtsfeld trat.

„Herr Andersson …", sagte der Verleger überrascht.

„Kommen Sie mit", verlangte der Schwede und ging ohne weitere Erklärung voraus. Die beiden Männer sahen sich fragend an und folgten ihm.

Ein Stück entfernt knipste Andersson eine Taschenlampe an und richtete den Strahl auf einen am Boden liegenden Mann.

„Oh Gott, das ist ja Schöpf-Kelle … Ist er tot?", fragte Tommi H. betroffen, als er den Journalisten erkannte.

Der Schwede schüttelte den Kopf. „Er wird morgen nur heftige Kopfschmerzen haben. Haben Sie diesen Mann mitgebracht, damit er uns abhört und verstoßen damit gegen die vereinbarte Vertraulichkeit? Meine Geduld ist zu Ende! Morgen werde ich mit der Presse sprechen." Er drehte sich um und wandte sich zum Gehen.

„Herr Andersson, bitte bleiben Sie stehen! Der Typ ist ein

Reporter der *Mainpostille.* Ich habe wirklich keine Ahnung, wie er von unserem Treffen erfahren hat."

„Seien Sie doch nicht so stur", mischte sich nun auch Duwe Golgatha ein. „Ich kann Ihr Anliegen ja verstehen, aber doch bitte nicht vor der Wahl! Danach können wir doch über alles reden!" In der Erregung griff er nach Anderssons Arm und hielt ihn fest.

Der Schwede fuhr herum und wischte die Hand weg. „Fassen Sie mich nicht an!", fauchte er.

Tommi H. fasste Andersson zeitgleich am anderen Arm. Der Schwede wirbelte wütend herum und stieß die beiden Männer zurück. Es gab ein heftiges Gerangel, in dessen Verlauf einer der Beteiligten heftig zu Boden stürzte und hart mit dem Kopf aufschlug.

Mittwoch, der 5. März

Als der schrille Klingelton des Telefons die Ruhe der nächtlichen Wohnung zerschnitt, dauerte es geraume Zeit, ehe Erich Rottmann in die Gegenwart zurückfand. Schnaubend starrte er auf das Leuchtziffernblatt seines Weckers. Kurz nach sechs Uhr! Wer um Himmels willen rief ihn um diese unchristliche Zeit an? Ächzend schwang er sich aus dem Bett und wankte barfuß ins Wohnzimmer zum Telefon.

„Ja", knurrte er.

„Herr Rottmann?", kam eine aufgeregte weibliche Stimme aus dem Hörer.

„Ja."

„Entschuldigen Sie bitte die frühe Störung, aber ich weiß mir einfach nicht anders zu helfen." Zitternd brach die Stimme ab.

„Wer ist denn da?", fragte er.

„Ach, Entschuldigung, mein Name ist Freja Andersson. Ich bin die Schwester von Nils Andersson. Sie haben sich doch kürzlich mit meinem Bruder getroffen und mit ihm über Duwe Golgatha gesprochen."

„Ja. Was gibt es denn?" Da die Frau sehr aufgeregt war, unterdrückte Rottmann seinen Ärger über die nächtliche Störung.

„Mein Bruder hat sich gestern Abend mit Herrn Golgatha und einem weiteren Mann getroffen, um über die bewusste Angelegenheit zu sprechen. Sie wissen, was ich meine. Das Treffen war um 19 Uhr, mein Bruder ist bis jetzt nicht zurückgekommen. Ich mache mir wirklich große Sorgen! Ich wusste nicht, wen ich anrufen könnte. Ihre Telefonnummer hat Nils hier auf dem Tisch liegen lassen."

„Schon in Ordnung." Rottmann bemühte sich um Verständnis. „Wo wollten sie sich denn treffen?"

„Am Parkplatz des Biergartens am Glashaus. Der liegt am Main in Richtung Randersacker. Ich musste ihm den Weg beschreiben. Nils hat dann mein Auto genommen, einen gelben Minicooper."

„Der Ort ist mir bekannt", gab Rottmann zurück. „Jetzt beruhigen Sie sich erst mal, ich werde mich darum kümmern. Um etwas ausrichten zu können, muss ich allerdings warten, bis es hell wird. Sie müssen sich also noch etwas gedulden. Sicher gibt es für sein Verhalten eine ganz einfache Erklärung. Sobald ich etwas weiß, rufe ich Sie an. Ihre Rufnummer habe ich ja hier auf dem Display."

Erich Rottmann stand sinnierend neben dem Telefon. Eigentlich war er jetzt hellwach, da konnte er auch etwas unternehmen. Öchsle sah seinen Menschen prüfend von seinem Körbchen aus an. Sein Instinkt sagte ihm, dass ein Einsatz anstand. Kein Problem, er war immer bereit! Rottmann hatte das Gefühl, dass Ärger in der Luft lag. Er schlappte ins Bad.

Eine Stunde später lenkte er seinen alten VW-Käfer auf das Gelände am Glashaus. Die Morgendämmerung hatte bereits eingesetzt und die Umgebung war gut zu erkennen. Langsam und systematisch suchte der ehemalige Kriminalbeamte das Gelände des Biergartens ab. Öchsle umkreiste ihn dabei und beschnüffelte intensiv den Boden. Plötzlich stutzte der Rüde neben einer Hecke und gab ein leises Knurren von sich. Rottmann untersuchte die Stelle. Auf der Erde war ein kleiner rostroter Fleck zu erkennen. Er nahm ein Papiertaschentuch aus der Tasche und fuhr vorsichtig über die Stelle. Das Tuch färbte sich rot. Das war eindeutig Blut! Rottmann suchte die nähere Umgebung der Fundstelle ab. Es waren jedoch keine weiteren Spuren zu erkennen. Gut denkbar, dass das Blut von einem Tier stammte. Hier am Main gab es jede Menge kleinere Raubtiere, die Ratten jagten. Trotzdem markierte er die Stelle mit dem Papiertaschentuch. Für alle Fälle.

Die weitere Untersuchung des Geländes einschließlich des Parkplatzes brachte kein weiteres Ergebnis. Der Minicooper war nirgendwo zu entdecken. Rottmann brach die Suche ab, setzte sich in seinen VW und fuhr zurück. Zuhause angekommen, rief er gleich Freja Andersson an. Sofort verriet ihm ihre Stimme, dass sich zwischenzeitlich etwas Positives ereignet haben musste.

„Ach, Herr Rottmann, Gott sei Dank rufen Sie an. Eine Stunde nachdem wir telefoniert haben, hat mir mein Bruder eine SMS geschickt. Er hat die Nacht bei Duwe Golgatha in dessen Wochenendhaus in der Nähe von Zellingen verbracht. Golgatha hat Nils dort die Unterlagen gezeigt, die Jöns Lindahl betreffen. Die beiden scheinen sich ganz gut zu verstehen. Mein Bruder wird noch einen Tag länger dort bleiben. Herr Rottmann, es tut mir so leid, Sie belästigt zu haben."

„Das war schon in Ordnung", gab Rottmann gnädig zurück. „Sie waren halt in Sorge."

Sie verabschiedeten sich voneinander. Etwas verwunderte es Rottmann schon, dass sich Nils Andersson und Duwe Golgatha plötzlich so gut verstanden und ganze Nächte miteinander verbrachten. Aber besser so als Streit.

*

Sein Schädel fühlte sich an, als wäre er gegen eine Mauer gelaufen. Stöhnend erwachte Schöpf-Kelle aus seiner Ohnmacht. Tiefe Nacht umgab ihn. Ihn fror. Unwillkürlich griff er sich an den Kopf. Die lichte Stelle an seinem Hinterkopf und die umgebenden Haare waren feucht. Die Berührung löste einen heftigen Schmerz aus. An seinen Fingern klebte Blut. Langsam kamen die Orientierung und damit die Erinnerung zurück. Seine Hände tasteten herum. Er lag auf der blanken Erde. Dann fühlte er den Metalltrichter des Richtmikrofons. Behutsam richtete er sich auf. Es dauerte einen Moment, ehe er den Schwindel überwunden hatte, dann rappelte er sich stöhnend hoch.

„Verdammter Mist!", schimpfte er vor sich hin. Es war kurz vor zwanzig Uhr, somit war er fast eine Stunde ohne Besinnung gewesen. Schöpf-Kelle lauschte in die Nacht. Absolute Stille! Für ihn war klar, dass das Wild, dem er nachstellen wollte, sich zwischenzeitlich längst verzogen hatte. Langsam wankte er zu seinem Motorroller, der zu seiner Verwunderung unbeschädigt an seinem Platz stand. Der Reporter saß auf. Den Helm ersparte er sich aus nachvollziehbaren Gründen.

Freitag, der 7. März

Erich Rottmann marschierte am späten Nachmittag reichlich verdrossen am Ufer des Mains entlang. Elvira hatte ihm wieder einmal ihre beiden Möpse aufs Auge gedrückt. Rosi und Lara hingen wie üblich in den Leinen und zerrten nach allen Richtungen. Er hatte alle Hände voll zu tun, die beiden Hunde so zu führen, dass sich nicht ständig die Leinen verknoteten. Öchsle, der wie gewohnt ohne Leine sittsam dahintrottete, sah nicht minder verkniffen in die Landschaft. Die beiden unruhigen Weibsen, wie Rottmann sie nannte, wenn Elvira nicht dabei war, gingen auch dem Rüden ziemlich auf die Nerven.

An der ersten geeigneten Stelle wich Rottmann vom asphaltierten Weg ab und dirigierte die beiden hinunter zum Main. Hier wagte er es, sie von der Leine zu befreien. Wie von der Tarantel gestochen rasten die beiden Möpse in exzentrischen Kreisen durch die Botanik, rempelten dabei abwechselnd Öchsle mit ihren drallen Hinterteilen an und forderten zum Spiel auf. Der Rüde zierte sich zunächst etwas, dann gab er aber nach und bald balgten sich die drei Hunde im dichten Unterholz des Uferbewuchses. Erich Rottmann schnaufte durch. Schließlich setzte er sich auf einen herumliegenden Baumstamm und holte seine Bruyère heraus. Mit den Leinen in den Händen konnte man ja nicht einmal in Ruhe eine Pfeife rauchen. Den Rauch genießend, beobachtete Rottmann die drei Hunde beim Spiel, dabei wanderten seine Gedanken in Richtung der bevorstehenden Kommunalwahl. Er war wirklich gespannt, was Duwe Golgatha und seine NWW ausrichten würden. Von Freja Andersson und ihrem Bruder Nils hatte er nichts mehr gehört. Das Gleiche galt für Duwe Golgatha. Wie es aussah, hatten sich die beiden Kontrahenten irgendwie geeinigt.

Während er so sinnierte, registrierte er plötzlich Rosi und Lara, die aus den Büschen am Ufer kamen und knurrend an einem rotkarierten Stück Stoff herumzerrten. Öchsle kümmerte sich nicht mehr um das Spiel, sondern kam zu Rottmann, blieb vor ihm stehen, sah ihn mit schief gelegtem Kopf an und begann zuu winseln.

„Na, mein Kleiner, willst du dich beschweren, weil dich die beiden Weibsen wieder nicht mitspielen lassen?“ Rottmann wollte ihm tröstend über den Kopf streicheln, aber der Rüde wich ein Stück zurück und verstärkte sein Winseln, dabei blickte er immer wieder in Richtung Main. Der Exkommissar sah ihn prüfend an, dann meinte er: „Willst du mir etwas zeigen?“ Langsam erhob er sich. Sofort eilte Öchsle in Richtung Uferbewuchs und sah sich dabei immer nach Rottmann um, ob dieser ihm auch folgte. Die beiden Möpse waren so in ihr Spiel vertieft, dass sie nicht auf ihn achteten.

Öchsle führte seinen Menschen auf einem schmalen Trampelpfad, den Angler getreten haben mochten, direkt hinunter zum Ufer. Der Fluss trieb träge in seinem Bett, dessen Uferbereich mit großen Steinbrocken befestigt war. Rottmann sah sich aufmerksam um, entdeckte aber auf Anhieb nichts, was die Aufmerksamkeit des Rüden erregt haben konnte. In diesem Augenblick kamen Rosi und Lara durch das Gebüsch geschossen. Offenbar hatten sie jetzt erst bemerkt, dass sich Rottmann entfernt hatte. Sie hüpften an Rottmann und Öchsle vorbei und wollten in ein Gebüsch eindringen. Da machte Öchsle aus dem Stand einen weiten Satz nach vorn und verstellte ihnen zornig knurrend und mit aufgestellten Nackenhaaren den Weg. Völlig überrumpelt blieben die beiden stehen und legten die Ohren an. So grantig hatte Öchsle sich ihnen gegenüber noch nie gezeigt. Auch Rottmann war sehr verwundert. Dieses Verhalten musste eine Ursache haben, die vermutlich irgendwo dort im Gestrüpp verborgen war. Der Exkommissar drang in den Unterwuchs entlang der Uferbefestigung ein. Öchsle vorweg, die beiden Möpse im Abstand hinterher. Nach etwa fünf Metern sah er etwas halb im Wasser, halb an der Uferbefestigung hängen. Als der Wind etwas drehte, schlug ihm ein bekannter Geruch entgegen, den er in seiner Dienstzeit als Leiter der Würzburger Mordkommission leider sehr häufig riechen musste. Verwesungsgeruch. Öchsle stieß ein hohes Gebell aus, dann sah er seinen Menschen aufmerksam an.

„Braver Öchsle", lobte Rottmann und trat langsam näher. Es handelte sich eindeutig um eine Leiche, die mit dem Gesicht nach unten angetrieben worden und an der Uferbefestigung hängengeblieben war. Dem intensiven Leichengeruch nach lag der Körper schon einige Tage im Wasser. Wie es aussah, war die Leiche männlich. Sie trug eine zerfetzte Jeans und ein ebenso zerrissenes rot kariertes Hemd. Offenbar hatten die beiden Möpse hier den Stoff gefunden, mit dem sie vorhin herumspielten. Die Leiche zeigte unter der zerrissenen Kleidung offene, vom Mainwasser ausgewaschene Wunden, am Schädel trat das blanke Fleisch hervor. Soweit Rottmann dies sehen konnte, war der Kopf regelrecht skalpiert. Der Exkommissar kannte derartige Verletzungen, die von Schiffsschrauben erzeugt wurden, wenn diese eine Leiche in ihren Sog zogen. Erich Rottmann musste nicht mehr sehen. Das hier war ein Fall für die Experten. Er ging zum Baumstamm zurück und zog sein Handy hervor. Kurze Zeit darauf hatte er Florian Deichler am Apparat, der, nachdem er Rottmanns sachliche Anrede zur Kenntnis genommen hatte, sofort alarmiert lauschte.

„Florian, ich habe soeben am rechten Mainufer, ein Stück unterhalb des Kneippstegs eine vermutlich männliche Leiche gefunden. Das heißt, eigentlich hat sie ja Öchsle gefunden. Aber das ist jetzt auch egal. Der Tote liegt wohl schon einige Zeit im Wasser und zeigt Zeichen von Schiffsschraubenverletzungen. Aber das werdet ihr ja selbst sehen. Ihr solltet euch beeilen. Die Leiche hängt nicht richtig fest. Wahrscheinlich wurde sie von einem vorbeifahrenden Schiff angeschwemmt."

Deichler hörte seinem ehemaligen Chef aufmerksam zu, dann erklärte er: „Erich, bleib bitte vor Ort. Wir kommen so schnell wie möglich." Deichler unterbrach das Gespräch, um sofort nacheinander drei weitere Nummern zu wählen: die der Kriminaltechnik, der Rechtsmedizin und der Feuerwehr. Zehn Minuten später war die „Kavallerie" mit heulenden Sirenen auf dem Weg.

Die Feuerwehr barg den toten Körper und legte ihn auf einer Plastikplane auf dem freien Platz vor dem Baumstamm, auf dem Rottmann gesessen hatte, ab. Der Leichnam war wirklich stark verletzt, die Gesichts- und Kopfhaut regelrecht abgerissen. Das Gesicht war nicht mehr zu erkennen.

Rottmann bewegte sich natürlich in vorderer Linie, was ihm einen dezenten Hinweis Deichlers einbrachte. „Erich, könntest du die Hunde bitte etwas zurückhalten? Erkläre mir doch mal, wie du die Leiche gefunden hast. Ich nehme an, du hast nichts angefasst."

„Na ja, angefasst habe ich sicher nichts. Aber ich bin überhaupt erst aufmerksam geworden, weil die beiden Möpse hier mit einem bunten Stofffetzen herumgespielt haben und Öchsle mich auf etwas im Gebüsch aufmerksam gemacht hat. Wahrscheinlich haben Rosi und Lara schon etwas an dem Toten herumgezerrt und dadurch den Stofffetzen abgerissen." Er wies auf das Stück Stoff, das noch immer herumlag.

Deichler zog eine Beweismitteltüte aus der Tasche, griff hinein, zog den Stofffetzen ihn in die Tüte und verschloss sie. Ein Kollege von der Spurensicherung nahm sie ihm ab.

Der Rechtsmediziner war mit seiner Untersuchung fertig. „Männliche Leiche, vermutlich mittleren Alters, mit schweren Schiffsschraubenverletzungen. Daher ist die eigentliche Todesursache ohne Obduktion nicht feststellbar."

„Todeszeitpunkt?", wollte Deichler wissen.

„Wenn man die relativ kühle Wassertemperatur berücksichtigt, wird es einige Tage gedauert haben, bis die Leiche aufgrund der Verwesungsgase nach oben getrieben wurde, wo sie von den Schiffsschrauben erfasst werden konnte. Ich tippe mal auf ungefähr eine Woche. Nähere Einzelheiten können Sie dem Obduktionsprotokoll entnehmen."

Er verabschiedete sich und ging zu seinem Auto.

Der Polizeifotograf machte Aufnahmen vom Tatort und von der Leiche, ein anderer Kollege durchsuchte die Taschen der Jeans und des Hemdes. Florian Deichler, der ihn dabei beobachtet hatte, sah ihn fragend an.

„Keine Papiere. Nichts, womit man ihn identifizieren könnte", erklärte der Kriminaltechniker. „Von uns aus kann er abtransportiert werden."

Deichler nickte und gab zwei Männern in mausgrauen Arbeitsmänteln einen Wink. Sie waren vom Städtischen Beerdigungsinstitut und würden die Leiche in die Rechtsmedizin transportieren.

Rottmann hatte beim Anblick des Toten eine ganz merkwürdige Empfindung. Er wurde das Gefühl nicht los, den Mann zu kennen. Wenn er nur nicht so entstellt gewesen wäre.

„Ich mach mich wieder auf die Socken", erklärte er Deichler. „Die beiden mopsigen Damen hier geben keine Ruhe mehr." Er deutete auf Rosi und Lara.

„Dass du dir jetzt zwei zusätzliche Hunde angeschafft hast", wunderte sich Deichler. „Ist dir langweilig?"

Rottmann verzog das Gesicht, als hätte er Zahnschmerzen, dann erklärte er Deichler kurz, was Sache war. Der Kriminalbeamte konnte sich ein Lachen nicht verkneifen, was Rottmann zu einem empörten Schnauben veranlasste. Als er sich zum Gehen wandte, bat er noch: „Florian, halte mich doch bezüglich der Identität des Toten auf dem Laufenden."

Deichler sagte zu, da Rottmann sowieso keine Ruhe gegeben hätte. Einen Moment später war der ehemalige Leiter der Mordkommission mit seinen beiden mopsigen „Zugtieren" wieder auf dem Heimweg.

Samstag, der 8. März

In der *Mainpostille* erschien wegen der vorherrschenden Wahlkampfthemen nur ein kurzer Artikel über den Fund einer Wasserleiche am Main zwischen Randersacker und Würzburg auf der zweiten Lokalseite.

Um zehn vor neun stellte die Vermittlung Florian Deichler ein Gespräch durch, das bei der Einsatzzentrale eingegangen war. Deichler hörte die erregte Stimme einer Frau.

„Hier ist Freja Andersson. Ich habe den Artikel über den Leichenfund am Main gelesen." Sie unterbrach, weil sie vor lauter Erregung erst nicht weitersprechen konnte. „Die Beschreibung … Ich vermisse seit ein paar Tagen meinen Bruder Nils, Nils Andersson … Die Beschreibung der Kleidung … mein Bruder trug ein rotkariertes Hemd, als er aus dem Haus ging …"

„Jetzt beruhigen Sie sich erst mal", versuchte Deichler die Frau zu besänftigen. „Es ist doch nicht gesagt, dass es sich bei dem Toten tatsächlich um Ihren Bruder handelt. Können Sie mir ein paar Fragen beantworten?"

Die Anruferin bejahte. Deichler ließ sich ein paar Angaben machen, dann sagte er der Frau, dass er eine Polizeistreife vorbeischicken würde, die ein Protokoll aufnehmen würde. Nach dem Gespräch starrte er zum Fenster hinaus. Der Beschreibung nach konnte es sich bei der Wasserleiche tatsächlich um den Bruder der Anruferin handeln. Deichler griff zum Hörer und rief in der Rechtsmedizin an. Wegen der Dringlichkeit sollte er gleich am Montag eine Vorabinformation per Mail erhalten. Anschließend bat er die Kriminaltechnik um Beschleunigung der Identifikation des Toten. Dann ging Deichler ins Wochenende.

Montag, der 10. März

Am Morgen der großen Podiumsdiskussion war ein ganzer Trupp Arbeiter damit beschäftigt, die Bühne des großen Franconia-Saals des Congress-Centrums zu bestuhlen und die Kabel für die Mikrofone und Verstärkertechnik zu installieren. Zusätzlich bevölkerten noch Techniker von Rundfunk und Fernsehen den Saal. Für die Hauptveranstaltung des Kommunalwahlkampfes wurde mit bis zu 1200 interessierten Würzburgern gerechnet. Da wurde nichts dem Zufall überlassen, am Abend musste technisch alles klappen. Hinter den fünf diskutierenden Oberbürgermeisterkandidaten sollte – als Zeichen der Verbundenheit der Kandidaten mit ihrer Stadt, die jeder von ihnen zukünftig gerne regieren wollte – auf der Leinwand ein großes Bild der Festung Marienberg und der Alten Mainbrücke gezeigt werden.

Die Wahlkampfmanager der Parteien standen unter Strom. Diese Veranstaltung war die letzte Möglichkeit, ihre Kandidaten hautnah einem großen Publikum zu präsentieren, Wählerstimmen zu ergattern und das Ruder herumzureißen. Es war bekannt, dass sich viele Wähler erst in der Wahlkabine entschieden. Da musste man Eindruck schinden, der im Gedächtnis haften blieb.

Was die Damen und Herren aber besonders umtrieb, war die Tatsache, dass sie bis heute von Duwe Golgatha nichts gehört hatten. Der Joker dieses Wahlkampfs war seit seinem Abtauchen nach wie vor verschwunden und keiner hatte eine Ahnung, auf welche Aktion man sich vorbereiten musste. Einige Tage lang hatten sie sehr nervös darauf gewartet, dass Golgatha wegen der Entführung Anzeige erstatten würde. Aber nichts war geschehen. Die Ungewissheit hing gerade deswegen wie ein Damoklesschwert über ihren Häuptern. Würde Golgatha diesen Trumpf etwa nicht ausspielen? Stadtrat Fettschräuble nahm mehrmals mit Erich Rottmann Kontakt auf, erhielt aber immer eine negative Antwort. Rottmann wusste ja wirklich nicht, wo sich Duwe Golgatha im Augenblick aufhielt.

*

Während im Congress-Centrum noch gewerkelt wurde, erhielt Kriminalhauptkommissar Deichler zwei E-Mails. Die erste stammte vom Erkennungsdienst der Kriminalpolizei:

Von: KtU@polizei.wuerzburg.de
An: Deichler.Florian@k1-polizei.wuerzburg.de
Bei der am 7.3.2014 aufgefundenen Wasserleiche handelt es sich um den schwedischen Staatsangehörigen Nils Andersson, geb. am 14.5.1962 in Kristianstad, Schweden. Er ist Inhaber einer Sicherheitsfirma. Die Identifizierung erfolgte über die Datenbank Eurocop mit Hilfe der Fingerabdrücke des Toten. Da Andersson zuvor bei der Polizei in Schweden beschäftigt war, waren seine Fingerabdrücke in Eurocop erfasst.

Die zweite Nachricht kam vom Institut für Rechtsmedizin:
Von: poststelle-rechtsmedizin@uni-stadt-wuerzburg.de
An: Deichler.Florian@k1-polizei.wuerzburg.de
Sehr geehrter Herr Deichler,
wunschgemäß hier eine Vorabinformation bezüglich der Todesursache bei der unbekannten Wasserleiche vom 7.3.2014. Bei der Sektion der Leiche konnte unzweifelhaft festgestellt werden, dass der Tod durch ein gerissenes Hirnaneurysma mit nachfolgenden starken Hirnblutungen

eingetreten ist. Als die Leiche ins Wasser verbracht wurde, war bereits der Exitus eingetreten. In den Lungen befand sich kein Wasser. Alle äußerlichen Verletzungen sind, soweit noch feststellbar, infolge des Kontakts mit Schiffsschrauben erfolgt. Äußere Gewalteinwirkung durch Dritte kann weitestgehend ausgeschlossen werden. Näheres ergibt sich aus dem Obduktionsprotokoll.

Deichler druckte die beiden Mails aus und legte sie in den dünnen Aktenumschlag auf seinem Schreibtisch. Auch wenn eine Gewalttat ausgeschlossen werden konnte, stellte sich die Frage, wer den toten Andersson ins Wasser geworfen hatte und vor allen Dingen, warum. Vielleicht fand man etwas heraus, wenn man die letzten Stunden des Toten rekonstruierte. Wie es aussah, wer der Fall noch nicht erledigt, hatte aber nicht mehr oberste Priorität.

Als ein paar Minuten später das Telefon klingelte und auf dem Display „Rottmann" erschien, konnte Deichler nur den Kopf schütteln. Sein alter Chef hatte wirklich einen Riecher für den richtigen Moment. Wie erwartet fragte Rottmann ihn nach dem neuesten Sachstand bezüglich des Wasserleichenfundes. Nachdem Deichler ihn informiert hatte, herrschte einen Moment lang Stille in der Leitung. Dann meinte Rottmann: „Hast du das der Schwester schon gesagt?"

Als Deichler verneinte, bat Rottmann: „Macht es dir etwas aus, wenn ich sie unterrichte? Ich habe ihren Bruder einmal kennengelernt."

Deichler stutzte einen Moment lang. Dann erklärte er sich einverstanden. Todesnachrichten zu überbringen war eine der unangenehmsten Aufgaben in seinem Beruf.

*

Als Rottmann eine Stunde später bei „F. Andersson" klingelte, wurde ihm umgehend geöffnet. Er stellte sich Frau Andersson vor, die mit bleichem Gesicht unter der Wohnungstür stand und Rottmann und Öchsle mit angespannter Miene musterte.

„Sie sind Herr Rottmann", sagte sie leise. „Mein Bruder hat sie mir beschrieben."

„Darf ich kurz reinkommen?", bat Rottmann. Sie ließ ihn und den Rüden an sich vorbeitreten, führte sie ins Wohnzimmer und bot ihm einen Platz an.

Als beide saßen, machte Öchsle etwas, was er sonst bei Fremden nicht tat. Er ging langsam zu der Frau, setzte sich neben sie und legte ihr seinen Kopf aufs Knie. Öchsle spürte ihre ängstliche Anspannung.

„Frau Andersson, Sie haben bei der Kriminalpolizei angerufen und Ihren Bruder als vermisst gemeldet."

Sie antwortete nicht, verkrampfte aber die Hände ineinander.

„Ich war einmal bei der Polizei in Würzburg in leitender Funktion und habe noch guten Kontakt zu den ehemaligen Kollegen ..." Er holte tief Atem. „Leider muss ich Ihnen eine traurige Mitteilung machen ... Es steht nun fest, dass der Tote aus dem Main Ihr Bruder Nils ist. Man hat ihn anhand seiner Fingerabdrücke einwandfrei identifiziert. – Mein herzliches Beileid." Rottmann verstummte.

Die Frau sah ihr Gegenüber mit aufgerissenen Augen an. Ihr Mund war zu einem lautlosen Schrei geöffnet.

„O Gott, nein!", presste sie hervor. „Sagen Sie, dass das nicht stimmt!" Ihre Augen wurden feucht.

„Es tut mir wirklich sehr leid", erwiderte Rottmann leise. Tränen verkraftete er nur schlecht. Öchsle leckte ihr sanft über den Handrücken. Nach einer kurzen Pause, in der Freja ein Papiertaschentuch hervorkramte und sich die Augen wischte, fragte Rottmann: „Haben Sie jemanden, den man anrufen könnte? Freunde oder Verwandte?"

Sie schüttelte den Kopf. „Danke, ich komme schon zurecht." Plötzlich sah sie Rottmann scharf an. „Woran ist er gestorben? Wurde er umgebracht?"

Erich Rottmann schüttelte den Kopf. „Nein. Es war eine natürliche Todesursache. Ihr Bruder war offenbar sehr krank, vermutlich ohne es zu wissen. Er ist an einem gerissenen Hirnaneurysma und den nachfolgenden Hirnblutungen verstorben." Er sah sie prüfend an. „Können Sie mir eventuell ein paar Fragen beantworten? Also nur, wenn Sie sich dazu in der Lage sehen."

Sie nickte langsam.

„Wie Sie wissen, hat man Ihren Bruder aus dem Main gezogen." Rottmann räusperte sich. „Dorthinein ist er nicht von selbst gekommen. Irgendjemand muss ihn, nachdem er verstorben war, ins Wasser geworfen haben."

Die Frau schnäuzte sich die Nase. „Irgendjemand, irgendjemand …! Sie wissen doch, dass er mit Duwe Golgatha und diesem Tommi H. verabredet war. Sie haben ja vor einiger Zeit mit Nils gesprochen und wissen auch, weshalb er Golgatha sprechen wollte. Diese beiden haben Nils auf dem Gewissen!" Sie schluchzte laut.

„Die Kripo wird den Fall aufklären." Er konnte die Wut und Verzweiflung der Frau gut verstehen. Als er den Eindruck hatte, dass er Freja Andersson allein lassen konnte, erhob sich Rottmann und verabschiedete sich.

Gleich nach dem Verlassen des Hauses griff er zum Handy und rief Florian Deichler an. Er informierte ihn über die Aussage von Freja Andersson, dass sie Duwe Golgatha und Tommi H. verdächtigte, Nils Andersson nach seinem Tod in den Main geworfen zu haben.

Deichler erklärte, er würde der Sache nachgehen.

Rottmann schlenderte anschließend mit Öchsle durch die Ringparkanlagen. Als er zufällig am Denkmal von Jöns Lindahl vorbeikam, blieb er stehen und musterte lange Zeit das bärtige würdige Gesicht. „Schade, dass du nicht reden kannst", murmelte er leise. Er nahm sich vor, mit Duwe Golgatha und diesem Tommi H. zu sprechen. Er wusste auch, wo er die beiden sicher antreffen würde.

Nach Rottmanns Besuch ging Freja Andersson langsam in ihr Arbeitszimmer. Auf dem Schreibtisch lag noch die alte Polizeiakte, die sie aus Fettschräubles Wohnung mitgenommen hatte. Dort hatte sie ihr Bruder abgelegt. Diese Dokumente brachten nur Unglück. Jetzt, wo ihr Bruder tot war, verlor sie jegliche Energie, der Wahrheit auf den Grund zu gehen. Es war plötzlich alles so sinnlos. Sie griff zum Telefon. Sie musste die Verwandtschaft in Schweden von Nils' Tod informieren.

*

Eineinhalb Stunden vor Veranstaltungsbeginn war der große Franconia-Saal des Congress-Centrums schon fast vollständig gefüllt. Die Anhänger der verschiedenen Kandidaten hatten sich zu regelrechten Blöcken zusammengesetzt. Dabei beanspruchte die Gruppe der NWW-Sympathisanten fast ein Drittel der Sitzplätze. Eine erstaunliche Entwicklung. Im Saal summte es wie in einem aufgescheuchten Bienenstock. Vereinzelt waren Transparente zu sehen, die man während der Veranstaltung öffentlichkeitswirksam hochhalten wollte.

Erich Rottmann und seine Stammtischbrüder mussten alles Geschick einsetzen, um zusammenliegende Sitzplätze im vorderen Drittel des Zuschauerraums zu ergattern. Heute war einer jener seltenen Tage, an denen Öchsle Rottmann nicht begleiten konnte. In der Menschenmenge wäre der Rüde untergegangen. Mit beleidigter Miene hatte sich Öchsle in seinen Korb zurückgezogen. Da bedurfte es später sicher einer größeren Portion Leberkäse, um ihn wieder zu versöhnen.

Auf der Bühne schwirrten noch immer Techniker herum und Mitglieder der Parteien richteten Plakate und Namensschilder der einzelnen Kandidaten her. Als Moderatoren würden Monika Karten von Radio Jubilati, Nobbi Hufschlag von TV-Unterfranken, Mani Cool von Radio King-Kong und Ronja Schöbel von der *Mainpostille* abwechselnd die Diskussion leiten. Die vier standen auf der Bühne und waren mit Ton- und Beleuchtungsproben beschäftigt. Von den Protagonisten war, wie Erich Rottmann feststellte, noch niemand zu sehen.

„Xaver, kannst du mir mal meinen Platz belegen?“, bat Rottmann eine halbe Stunde vor Veranstaltungsbeginn den neben ihm sitzenden Stammtischbruder. „Ich muss mich mal kurz umsehen.“ Marschmann nickte.

Erich Rottmann setzte seine kräftige Figur erfolgreich als Rammbock ein, um sich durch die Menschenmenge zu drängeln. Ein paar Minuten später stand er vor der Bühne. Die erste Reihe der Sitzplätze war für die Fraktionsvorsitzenden und Wahlkampfmanager der Parteien und Gruppierungen reserviert. Rottmann ging davon aus, dass sich hier auch Duwe Golgatha hinsetzen würde. Hier wollte er ihn abfangen.

Plötzlich ging ein Raunen durch die Menschenmenge, Beifall brandete auf. Durch eine Seitentür kamen die Fraktionsvorsitzenden in Begleitung ihrer Wahlkampfmanager hereinmarschiert. Sie winkten in die Menge, dann ließen sie sich auf ihren Plätzen nieder. Duwe Golgatha war nicht dabei. Da der Zeitpunkt des offiziellen Beginns kurz bevorstand, eilte Rottmann unverrichteter Dinge zu seinem Sitzplatz zurück. Wo war Duwe Golgatha?

Rottmann saß kaum, als die fünf Oberbürgermeisterkandidaten die Bühne betraten und sich an einem langen Tisch hinter ihren Namensschildern niederließen. Monika Karten von Radio Jubilari trat mit einem Mikrofon nach vorn und eröffnete die Veranstaltung. Die Menge verstummte. Gerade als sie dabei war, die Kandidaten vorzustellen, öffnete sich die Tür neben der Bühne und Duwe Golgatha betrat das Podium. Im Block der NWW-Anhänger brach ein orkanartiger Jubel los, der der Moderatorin für Minuten das Wort abschnitt. Erst als Duwe Golgatha mit Handzeichen um Ruhe bat, verebbte der Applaus. Monika Karten war zunächst völlig perplex und fast dankbar, als Duwe Golgatha sie mit einem Wink bat, ihm das Mikrofon zu überlassen.

Golgatha erhob sich. Es wurde ganz still im Saal.

„Liebe Würzburgerinnen und Würzburger, es ist mir klar, dass Sie mein Erscheinen auf der Bühne hier verwundern muss. Dies dürfte aber nicht mehr der Fall sein, wenn ich Ihnen hier und heute erkläre, dass die NWW mich als Oberbürgermeisterkandidaten nominiert hat." Jedes weitere Wort ging in einem frenetischen Jubel der NWW-Anhänger unter. Mit Handzeichen sorgte Duwe Golgatha wieder für Ruhe. „Ich denke, ich nehme daher zu Recht an der heutigen Diskussion teil." Erneuter donnernder Beifall. Schließlich hob er die Faust und schrie in die Menge: „Leute! Wir rocken das Rathaus!" Dann ließ er sich zufrieden hinter dem Tisch auf den schnell hinzugestellten Stuhl nieder.

Nur mit Mühe gelang es Monika Karten, sich wieder Gehör zu verschaffen, damit die Veranstaltung endlich beginnen konnte. Man konnte sehen, wie geschockt die anderen Oberbürgermeisterkandidaten waren. Blass und mit ernster Miene saßen sie auf ihren Stühlen. Der Protest einzelner Zuschauer ging im Gejohle der NWWler unter.

Schließlich stellte sich jeder Kandidat vor und gab ein Statement zu seinem Wahlprogramm ab. Natürlich erhielt auch Duwe Golgatha die Möglichkeit, sich zu äußern. Unterbrochen vom Jubel seiner Anhänger versprach er ein aufblühendes Würzburg durch schnelle, sachgerechte Entscheidungen, eine an die Kandare genommene Verwaltung und günstigen Wohnraum für Studenten und Geringverdiener. Da konnten sich die anderen Kandidaten anstrengen, so viel sie wollten, heute war Duwe Golgathas Tag! Auf der Bühne machte sich bei einigen Kandidaten eine gewisse Resignation bemerkbar. Nach dem Ende der Veranstaltung war allen klar, dass die Nichtwähler in Würzburg zukünftig ein gehöriges Wörtchen mitzureden haben würden.

Erich Rottmanns Versuch, nach der Diskussion an Duwe Golgatha heranzukommen, scheiterte kläglich. Ständig wurde Golgatha von der Presse und einer großen Traube seiner Anhänger belagert, bis er dann irgendwann verschwand.

*

In den folgenden Tagen bis zur Wahl war Duwe Golgatha wieder wie vom Erdboden verschluckt. Es erreichte ihn weder eine Vorladung der Mordkommission, die ihn im Fall Andersson befragen wollte, noch konnte ihn Erich Rottmann über seinen Kontakt zu Rechtsanwalt Leon ausfindig machen.

Dienstag, der 11. März

Kurz nach neun Uhr verließ Freja Andersson ihre Wohnung, um einen Termin bei einem Bestattungsunternehmen wahrzunehmen. Die Leiche ihres Bruders war von der Staatsanwaltschaft zur Bestattung freigegeben worden. Sie wollte ihren Bruder nach Schweden überführen lassen. Ihre Verbitterung war groß. Sie verfluchte den Tag, an dem sie in Fettschräubles Haus auf diese unselige Akte gestoßen war. Sie würde die Papiere an Stadtrat Fettschräuble zurückgeben und es ihm überlassen, ob er sie verwerten wollte.

Der Mann, der ihr Weggehen vom Auto aus beobachtete, stieg nun aus und betrat das Treppenhaus. Unterwegs streifte er sich Gummihandschuhe über. Sein elektronischer „Zauberstab“ öffnete das Türschloss in kürzester Zeit. Ohne etwas zu berühren streifte er durch die Wohnung. Am Schreibtisch verharrte er. Der ausgebleichte Aktendeckel veranlasste ihn zu einem Grinsen. Er überzeugte sich davon, dass er das Gewünschte in den Händen hielt, dann ließ er die Papiere in einer Plastiktüte verschwinden. Umgehend verließ er die Wohnung. Niemand begegnete ihm im Hausflur. Zufrieden fuhr er ab.

Sonntag, der 16. März – Wahltag

Pünktlich um acht Uhr öffneten die Wahllokale. Schon in den Vormittagsstunden zeichnete sich eine überraschend hohe Wahlbeteiligung ab. Vor manchen Wahllokalen reichten die Menschenschlangen bis auf die Straße. In einigen Stadtteilen kam es vor den Wahllokalen zu Handgreiflichkeiten, weil NWW-Anhänger von anderen Wählern verbal angegriffen wurden. Die Polizeipräsidentin entschied daher, vor bestimmten Wahllokalen vorbeugend Doppelstreifen zu postieren.

Kurz vor Schließung der Wahllokale trafen sich die Fraktionsvorsitzenden, die Wahlmanager und interessierte Bürger im Ratssaal des Grafeneckart und versammelten sich vor der großen Leinwand, auf der mittels Beamer die Ergebnisse der einzelnen Wahlbezirke eingeblendet wurden.

Bis auf Duwe Golgatha waren auch sämtliche Mitglieder des Führungsteams der NWW anwesend. Auch Erich Rottmann mit Öchsle fand sich dort ein. Obwohl Hunde im Rathaus verboten waren, scherte sich kein Mensch um den Rüden. Alle blickten wie gebannt auf die sich ständig verändernden Zahlenkolonnen. Als sich die Ergebnisse immer häufiger zugunsten der *Nichtwählervereinigung Würzburg* entwickelten, wurde es im Ratssaal immer ruhiger. Allen Anwesenden war irgendwann klar, dass sich hier eine Sensation abzeichnete. Schöpf-Kelle, mit Klammerpflaster auf dem Kopf, und andere Pressevertreter telefonierten regelmäßig mit ihren Redaktionen.

Um 21.33 Uhr waren fast alle Wahlbezirke ausgezählt und die Sensation stand fest: Die NWW hatte einen regelrechten Erdrutschsieg davongetragen! Es war Duwe Golgatha gelungen, jeden dritten Nichtwähler zu mobilisieren. Die Wahlbeteiligung lag bei sensationellen siebzig Prozent! Hinzu kam eine nicht unerhebliche Wählerwanderung von anderen Parteien hin zur NWW. Folglich erreichten einzelne Parteien nicht einmal Fraktionsstatus und mutierten damit zur Bedeutungslosigkeit. Der Ratssaal kochte, als das Ergebnis der Oberbürgermeisterwahl bekannt gegeben wurde. Duwe Golgatha hatte unglaubliche dreiundfünfzig Prozent der Stimmen erhalten und war auf Anhieb gewählt.

Über hundert NWW-Anhänger bevölkerten den Saal und skandierten „Duwe! Duwe! Duwe!". Dann war er plötzlich da. Wie aus dem Nichts erschien ein strahlender Duwe Golgatha, winkte nach allen Seiten, schüttelte zahllose Hände und ließ sich auf die Schulter klopfen. Später verlagerte sich die Feier in den *Ratskeller*, wo die NWW ihre Gäste bewirtete.

Erich Rottmann war mit in den *Ratskeller* gegangen. Er hoffte, Duwe Golgatha in einer günstigen Minute ansprechen zu können. Öchsle hatte er in einer Ecke unter einem Tisch abgelegt, wo der Rüde vor den Füßen der Menschen sicher war. Rottmann schnappte sich eines der angebotenen Schoppengläser und schlenderte umher. Dabei traf er auf Rechtsanwalt Leon, der Rottmann etwas verwundert musterte.

„Schönen Abend, Herr Rottmann, ich wusste gar nicht, dass Sie ein Anhänger der NWW sind."

„Ach wissen Sie, ich bin immer auf Seiten derer, die für die Stadt etwas bewegen. Mal sehen, wie das Ihr Kandidat in den nächsten sechs Jahren hinbekommt. Apropos, ich hätte ihn gar zu gern mal gesprochen. Es gibt da ein paar Fragen …"

In diesem Augenblick gesellte sich ein weiterer Mann hinzu. „Habe ich das richtig verstanden, Herr Rottmann, Sie haben Fragen? Übrigens, mein Name ist Tommi H. Ich bin der Wahlmanager von Herrn Golgatha. Ich kenne Sie aus der Presse, die ja immer wieder von Ihren kriminalistischen

Erfolgen berichtet. Sie waren so freundlich und haben für uns nach Herrn Golgatha gesucht. Aber wie Sie wissen, war das lediglich ein Kommunikationsproblem und er ist heute zu unserer Freude gesund und munter zum Oberbürgermeister gewählt worden. Aber schön, dass Sie hergekommen sind."

„Moment!" So leicht ließ sich Erich Rottmann nicht abspeisen. „Ihnen sagt doch der Name Nils Andersson etwas?"

Tommi H., der sich schon zum Gehen gewandt hatte, drehte sich wieder um. „Ja, das ist ein Schwede, der irgendwelche abstrusen Geschichten über Duwe in die Welt setzen wollte."

„Sie wissen, dass Nils Andersson vor einigen Tagen tot aus dem Main gefischt wurde?"

Tommi H. trat einen Schritt näher, damit er leise sprechen konnte. „Mein lieber Herr Rottmann, ich weiß nicht, was Sie andeuten wollen. Sollte aber Ihre Behauptung der Wahrheit entsprechen, tut mir das selbstverständlich leid. Fakt ist, dass Herr Golgatha und ich vor einigen Tagen mit Herrn Andersson verabredet waren, um einige persönliche Dinge mit ihm zu besprechen. Leider ist Herr Andersson zu diesem Termin nicht erschienen. Mehr kann ich dazu nicht sagen. Im Übrigen wäre das die Sache der Polizei und nicht die neugieriger Pensionisten. Ich wünsche Ihnen noch einen schönen Abend!"

Tommi H. drehte sich um und ließ Rottmann einfach stehen. Der kochte vor Wut, musste aber einsehen, dass der Mann im Grunde recht hatte. Er holte Öchsle und verließ den *Ratskeller*. Obwohl kein Verbrechen vorlag, hatte die Sache einen etwas bitteren Beigeschmack. Aber Rottmann wusste aus eigener Erfahrung, dass es manchmal Fälle gab, die nie ganz aufgeklärt wurden. Langsam trottete er nach Hause. Der Appetit auf eine Pfeife war ihm vergangen. Öchsle warf ihm immer wieder besorgte Blicke zu, weil er die bedrückte Stimmung seines Menschen fühlte.

Um siebzehn Uhr desselben Tages

Im Büro eines Würzburger Verlages brannte das Licht. Tommi H. stand nachdenklich vor seinem Schreibtisch und musterte das vergilbte Papier einer dünnen Akte, die ihm ein etwas zwielichtiger Bekannter beschafft hatte. Daneben lag auf dem Tisch ein historisches Dokument, das er von Duwe Golgatha anvertraut bekommen hatte und dessen Wachssiegel gebrochen war. Offenbar ein Testament. Tommi H. hatte sich verpflichtet, diese Unterlagen zu vernichten.

Er warf einen Blick zum Aktenwolf in der Ecke. In einer Minute wäre das Ärgernis aus der Welt, dachte er. Andererseits ... Nachdenklich tippte er sich auf die Unterlippe. Er hatte ja noch Ambitionen und wer wusste, ob sein Parteifreund Duwe so freundlich blieb wie jetzt.

Tommi H. drehte sich um und öffnete einen Wandtresor, der hinter einem alten Stich verborgen war, welcher die Szene darstellte, als Judas Ischariot seine Silberlinge in den Tempel warf. Tommi H. lächelte. Wie sinnig. Er schob die Unterlagen in einen verschlossenen Umschlag und legte sie in den Tresor. Wahrscheinlich würde er diese Papiere niemals benötigen. Trotzdem war in der Politik eine kleine Rückversicherung nie verkehrt.

Drei Wochen später

Erich Rottmann lief am Morgen mit Öchsle eine Runde durch den Ringpark. Am Denkmal von Jöns Person Lindahl blieb er stehen. Zwei Arbeiter machten sich gerade daran zu schaffen.

„Na, meine Herren, fleißig?", sprach Rottmann sie an. „Darf man fragen, was Sie mit dem alten Lindahl vorhaben?"

Der Ältere, der auf einer Leiter stand und die Gedenktafel mit dem Bildnis des Ringparkarchitekten mit einem Lappen bearbeitete, erklärte: „Ausdrücklicher Wunsch von unserem neuen Oberbürgermeister. Er ist der Meinung, dass man die Denkmäler bedeutender Persönlichkeiten unserer Stadt pflegen sollte."

„Aha", stellte Rottmann fest, „na, dann frohes Schaffen." Im Weitergehen sinnierte er darüber nach, dass hier wohl einer im Rathaus sein Gewissen beruhigen wollte. Wie er wusste, war die Akte Nils Andersson zwischenzeitlich von der Staatsanwaltschaft geschlossen worden. Die Frage, wie der tote Schwede in den Main gelangt war, konnte nicht aufgeklärt werden. Duwe Golgatha und Tommi H. war die gemeinschaftlich einheitliche Aussage nicht zu widerlegen gewesen, wonach sie sich zwar mit Andersson treffen wollten, er aber nicht erschienen war. Schöpf-Kelle, der natürlich von den Ermittlungen gehört hatte, behielt sein Erlebnis am Main besser für sich. Einerseits war er illegal vorgegangen, andererseits hatte er eine ausgesprochen klägliche Figur abgegeben.

Rottmann war heute nicht ganz ausgeglichen. Elvira hatte ihn überredet, mit ihr den Gutschein für eine Wellnesswoche für zwei Personen in der Therme von Bad Staffelstein einzulösen. Er war ihr im vergangenen Jahr vom Personalrat der Stadt Würzburg anlässlich ihres fünfundzwanzigjährigen Dienstjubiläums geschenkt worden. Außerdem wollte sich Elvira mit der Einladung für Rottmanns Unterstützung bei der Betreuung von Rosi und Lena bedanken. Die beiden Möpse waren mittlerweile wieder wohlbehalten bei ihrem Frauchen. Erich Rottmann hatte die gute Elvira insgeheim allerdings schwer im Verdacht, dass ihr neben Erholung und Wellness noch ganz andere Aktivitäten im Kopf herumschwebten. Immerhin würden sie in dem Wochenendhaus wohnen, das Elvira dort in der Nähe geerbt hatte.

Rottmann zog es unwillkürlich die Kopfhaut zusammen, wenn er an die einsame Gemeinsamkeit beziehungsweise die gemeinsame Einsamkeit dachte, die Elvira ihm in den buntesten Farben geschildert hatte. Der Exkommissar und überzeugte Junggeselle konnte sich nicht helfen. Bei jedem von Elviras schwärmerisch vorgetragenen Worten vernahmen seine sensiblen Sinne im Hintergrund das gefährliche Klirren von Ketten. Seine Stammtischbrüder hatten ihm gestern beim letzten Treffen süffisant grinsend Hals- und Beinbruch gewünscht.

Als Rottmann in die Rosengasse einbog, sah er schon diverse Gepäckstücke, die Elvira zum Einladen vor seiner Garage bereitgestellt hatte. Von ihrem Fenster aus winkte sie ihm freudig zu. Rottmann winkte knapp zurück.

„So, Öchsle, jetzt wird's wieder mal ernst", seufzte er. „Du weißt, ich verlass mich auf deine Unterstützung, wir Jungmänner müssen zusammenhalten!" Öchsle bestätigte mit mehreren heftigen Schwanzwedlern, wobei Rottmann aber eher vermutete, diese Begeisterung war darin begründet, dass der Rüde schlicht und ergreifend gerne Auto fuhr.

Als der alte VW Käfer zwanzig Minuten später knatternd die Rosengasse verließ, war die Rückbank des Wagens mit Rottmanns kleiner Reisetasche und Elviras beiden Koffern und einer Reisetasche reichlich ausgelastet. Öchsle hatte es sich vor Elvira im Fußraum bequem gemacht.

Wenig später fuhren sie bei Estenfeld auf die A 7. Rottmann blieb auf der rechten Spur, weil das alte Auto selbst bei günstigem Rückenwind kaum hundert Sachen schaffte. Das Motorengeräusch hätte allerdings jedem Panzer zur Ehre gereicht. Daher war auch eine Unterhaltung kaum möglich, was Rottmann ausgesprochen positiv fand.

„Ich habe in der *Mainpostille* gelesen, dass Oberbürgermeister Golgatha bereits angefangen hat, Nägel mit Köpfen zu machen. Als zweiten Bürgermeister hat er den bisherigen Amtsinhaber Andy Farmer ins Gespräch gebracht. Damit will er wohl die anderen Parteien mit ins Boot holen.“ Elvira unternahm fast schreiend einen Versuch der Konversation.

„Schaun mer mal“, gab Rottmann zurück. „Er hat ja ein blühendes Würzburg versprochen. Ich hoffe, er hat damit nicht nur die Blumen im Hofgarten gemeint.“

Nachdem sie die A 7 verlassen hatten, befuhren sie die A 70 in Richtung Bamberg und Elvira startete einen neuen Versuch. „Im Rathaus wird über eine Mauschelei Golgathas mit einem gewissen Andersson getuschelt. Die Kripo soll sogar ermittelt haben.“

„Hab davon gehört“, gab Rottmann knapp zurück. „Die Ermittlungen mussten aber eingestellt werden. Etwas unbefriedigend!“

„Ach, Erich, es gibt so viele schöne Dinge im Leben, die weitaus befriedigender sind als derartige Kriminalfälle.“ Dabei blickte sie mit neutraler Miene geradeaus.

Erich Rottmann warf ihr einen Seitenblick zu. Unwillkürlich verzog er dabei etwas das Lenkrad und musste schnell gegensteuern. Über den Lärm des Motors hinweg hörte er wieder deutlich das Klirren der Ketten.

Gegen Mittag erreichten sie Bad Staffelstein. Das große Wochenendgrundstück lag in der Nähe eines kleinen Dorfes oberhalb des Mains an einem Hang, der sich sanft zu dem an dieser Stelle noch schmalen Fluss hin absenkte. Das Grundstück hatte am Ufer einen kleinen Sandstrand und praktisch keine Nachbarn.

Elvira führte Erich durchs Haus. Im Parterre befand sich ein gemütlich eingerichtetes Wohnzimmer mit offenem Kamin, einem Fernseher und einer Sitzgruppe aus zwei Sesseln sowie einer zweisitzigen Couch. Die Küche daneben war nicht sehr groß, aber zweckmäßig ausgestattet. Was Erich Rottmann besonders gefiel, war ein großer Kühlschrank, in dem einige Bocksbeutel feinsten Silvaners vom Würzburger Stein kaltgestellt waren.

„Warst du erst hier?", wunderte er sich und zeigte auf die Bocksbeutel.

„Nein, aber es gibt einen netten älteren Herrn im Dorf, der sich freundlicherweise um das Haus kümmert, wenn ich nicht da bin. Ich habe ihn gestern angerufen und gebeten, Lebensmittel zu besorgen und den Wein aus dem Keller in den Kühlschrank zu stellen."

Vor dem Wohnzimmer lag eine schöne Veranda, von der aus man einen weiten Blick ins Land über den Main bis hin zum Kloster Vierzehnheiligen und zum Staffelberg hatte.

„Das Schlafzimmer und das Bad sind oben", vervollständigte Elvira ihre Erläuterungen und wandte sich zur Treppe. „Bist du so nett und bringst mir bitte die Koffer rauf?"

So, ein Schlafzimmer, dachte Rottmann, da war sie also, die Falle! Alles Berechnung! Auf der kleinen Couch im Wohnzimmer hatte ein gestandenes Mannsbild wie er natürlich keinen Platz. Kommentarlos hängte er sich seine Reisetasche über die Schulter und packte Elviras Koffer bei den Griffen. Stampfend erklomm er hinter ihr das nächste Stockwerk. Oben stellte Rottmann seine Last im Flur ab.

„Hier ist das Bad", erklärte Elvira locker. „Da habe ich ziemlich viel Geld reinstecken müssen, weil das alte ziemlich unansehnlich war. Und hier", sie öffnete eine weitere Tür, „ist das Schlafzimmer." Der Raum war nicht sehr groß. Das Doppelbett darin war höchstens einen Meter vierzig breit! Die Ketten in Rottmanns Fantasie klirrten so laut, dass er nervös den Kopf schüttelte. Elvira interpretierte diese Bewegung anders. Seufzend meinte sie: „Erich, jetzt haben wir doch schon das eine oder andere Mal aus den verschiedensten Gründen in einem Bett geschlafen. Ich habe dich dabei nicht aufgefressen und du erfreust dich noch immer bester Gesundheit und deiner Freiheit. Aber sei's drum. Ich weiß, du denkst noch immer, ich sei so etwas Ähnliches wie ein weiblicher Werwolf, der dich verschlingen will. Das will ich sicher nicht! Mir ist wichtig, dass du dich hier entspannen kannst. Deshalb kann ich dir eine komfortable Schlafalternative anbieten. Pass mal auf."

Sie ging zu einem Schrank und holte ein merkwürdiges Netz heraus. Rottmann runzelte die Stirn.

„Komm bitte mal her", bat sie und stellte sich neben die Bettseite. „Siehst du diese beiden stabilen Haken in der Wand?" Sie warf das Netz auf den Boden neben das Bett. Es stellte sich zu Rottmanns Erstaunen als geräumige Hängematte heraus. Elvira hakte die beiden Befestigungsösen ein und gab der Hängematte einen leichten Schubs, so dass sie schaukelte. „Da es hier kein weiteres Schlafzimmer gibt, hat die Tochter des Vorbesitzers hier in dieser Hängematte geschlafen, wenn sie mit ihren Eltern im Haus übernachtete. Das Teil ist stabil und sieht sehr bequem aus. Nun, was sagst du jetzt?“

Erich Rottmann musterte das durchhängende Tuch misstrauisch. „Und wie soll ich da reinkommen?“

„Aber Erich, du bist doch ein sportlicher Mann!“ Elvira streifte die Schuhe von den Füßen, machte einen schnellen Schritt aufs Bett zu und war mit einem Schwung drinnen. „Ganz einfach, siehst du? – Aber wie gesagt, du musst sie ja nicht benutzen.“ Sie legte ihre Koffer aufs Bett. „Ich packe jetzt aus, dann würde ich gern einen längeren Spaziergang zum nahegelegenen Kloster Banz machen. Gegen Spätnachmittag, nach deinem Mittagsschläfchen, könnten wir uns dann in der Therme verwöhnen lassen und anschließend irgendwo schön essen. Einverstanden?“

„Von mir aus“, grummelte Rottmann. Da war sie wieder, die Falle, dachte Rottmann, und sie gab sich noch nicht einmal Mühe, sie zu verbergen. Wenn sie aber dachte, dass er klein beigeben würde, hatte sie sich geschnitten! Die Hängematte war ihm durchaus sympathisch.

*

Vier Stunden später tuckerte der VW in Richtung Bad Staffelstein zur *Obermain-Therme*. Öchsle zog sich derweil, mit einem großen Kauknochen getröstet, in einen von Elvira besorgten Hundekorb zurück. Rottmann hatte sich mit viel innerer Überwindung für den Kuraufenthalt eigens eine bunt gestreifte Badehose gekauft. Eine geräumige Shorts, die einem gestandenen Mannsbild die nötige Freiheit, aber auch den erforderlichen Halt gewährte, wie ihm der Verkäufer einfühlsam versichert hatte. Dieser sehr spezielle Kunde würde dem Mann noch lange in Erinnerung bleiben.

Nach Erledigung der Anmeldeformalitäten begaben sich Erich Rottmann und Elvira zu den Umkleideräumen.

„Wir treffen uns dann direkt hinter der Umkleide", schlug Elvira vor. „Dann können wir ja entscheiden, welche Anwendungen wir uns gönnen."

Rottmann hängte seine Klamotten in einen Spind und schlüpfte in seine Badeshorts. Bewaffnet mit einem großen Badetuch verließ er die Umkleide.

Der salzig-feuchte Geruch des Kurbades schlug ihm entgegen. Elvira war noch nicht da.

Plötzlich wurde er angestoßen. Er drehte sich um. Hinter ihm stand eine Frau, die ihn anlächelte und eine Entschuldigung aussprach. Rottmann blieb die Antwort im Halse stecken. Mit aufgerissenen Augen starrte er der Frau, die weitergegangen war, hinterher. Hatte er richtig gesehen? Nein, er hatte keine Halluzinationen, sie war tatsächlich splitternackt! Verdattert blickte Rottmann sich um. Um Gottes willen, wo war er da hingeraten? Überall im Bad liefen, lagen oder schwammen nackte Menschen herum! Hatte er etwa aus Versehen den Eingang zum Saunabereich erwischt?

„Ach, ist das schön hier", ertönte da Elviras Stimme hinter ihm. Sie trug einen knallroten Badeanzug, der ihre weibliche Figur gut zur Geltung brachte. Dafür hatte Erich Rottmann allerdings keinen Blick.

„Elvira, schau dich um, hier sind ja alle nackert!"

In dem Moment kam ein junger Mann auf sie zu, der allerdings eine Badehose trug. „Meine Herrschaften, ich muss Sie bitten, Ihre Badekleidung abzulegen, heute ist in allen Bereichen der Therme textilfreies Baden."

„Ach du meine Güte!", stieß Rottmann in höchster Erregung aus, dann verschlug es ihm einfach die Sprache.

„Interessant", stellte Elvira völlig gelassen fest. „Das

wussten wir zwar nicht, aber was soll's. Erich, wollen wir es riskieren?" Sie lächelte verschmitzt, dabei zog sie schon flott die Träger ihres Badeanzuges herunter und stand einen Augenblick später im Evaskostüm da. „Wir sehen uns im Wasser!", rief sie, nahm Anlauf und sprang ins Wasser, dass es nur so spritzte.

„Nie und nimmer!", schrie Rottmann. „Das ist eine Falle!" Er drehte sich auf dem Absatz seiner Badeschlappen herum und verließ fluchtartig das Bad. Der Bademeister sah ihm kopfschüttelnd hinterher.

Elvira fand Erich Rottmann in der Lounge der Therme, vor sich ein Bier und ein Schnapsglas, beides fast leer. Diese Getränkewahl hatte sie bei ihm noch nie gesehen. Rottmann befand sich offenbar in einem seelischen Ausnahmezustand.

„Erich, glaub mir, ich habe das nicht gewusst", erklärte sie einfühlsam. „Einmal im Monat ist tatsächlich Nacktbadetag, wie ich jetzt erfahren habe. Aber so schlimm war das doch auch wieder nicht."

„Sodom und Gomorrha!", stieß Rottmann hervor. Er konnte ihr nicht in die Augen sehen.

Elvira seufzte. Da lag noch ein gutes Stück Arbeit vor ihr.

Zum Abendessen fuhren sie nach Altenbanz und aßen im *Gasthof Geuß* Schäufele mit Klößen. Rottmann entspannte sich zusehends, als er hier auch einen ganz ordentlichen Silvaner erhielt. Elvira versprach ihm, später im Haus noch ein oder zwei Bocksbeutel aufzumachen. Schließlich war man im Wellnessurlaub. Das misslungene Badevergnügen erwähnten sie nicht mehr.

Am späteren Abend saßen sie im Wohnzimmer. Erich Rottmann hatte auf Elviras Bitte hin ein Feuer im offenen Kamin entfacht. Die Wärme konnte man jetzt, Anfang April, wirklich noch gut vertragen. In den Gläsern schimmerte im

Schein der Flammen golden der Silvaner. Durch die Verandafenster waren in der Ferne die Lichter von Bad Staffelstein zu sehen. Öchsle genoss ebenfalls die Wärme. Statt eines Abendspaziergangs war er eine halbe Stunde lang über das Grundstück gestromert.

Nachdem beide jeweils einen Bocksbeutel geleert hatten, sagte Elvira: „Lieber Erich, ich gehe jetzt duschen und dann schlafen. Morgen nehmen wir in der Therme einen neuen Anlauf. Da tragen dann alle brav Badekleidung."

„Ich komme nach", erwiderte Rottmann. „Ich lasse das Feuer erst noch runterbrennen."

Elvira stand auf und streichelte Öchsles Kopf, dann beugte sie sich von hinten über Erich und gab ihm überraschend einen Kuss auf die Wange. „Gute Nacht!"

Erich Rottmann zuckte leicht zusammen, dann murmelte er ebenfalls einen Gute-Nacht-Gruß.

Oben hörte er das Rauschen der Dusche. Geraume Zeit starrte er in die Glut im Kamin, bis nur noch Asche vorhanden war. Schließlich wuchtete er sich langsam aus dem Sessel hoch und meinte: „So, Öchsle, jetzt geht's ab in die Hängematte. Ich hoffe, du passt schön auf mich auf."

Oben lauschte er kurz. Aus dem Schlafzimmer kamen gleichmäßige Atemzüge. Das konnte natürlich ein Trick sein. Aber das musste er riskieren. Nach den Schoppen hörte er das Klirren der Ketten nur noch ganz leise.

Als Rottmann wenig später das Bad im Schlafanzug verließ, hatte sich Öchsle bereits auf seiner Hundedecke zusammengerollt. Durch das Schlafzimmerfenster fiel der Schein des Mondes. Er beschien Elviras Umrisse unter der Bettdecke. Sie lag auf dem Bauch. So sanft, wie es ihm seine stattliche Figur ermöglichte, schlich sich Rottmann barfuß näher. Wie er erfreut feststellte, hatte ihm Elvira fürsorglich ein Kissen und die Bettdecke in die Hängematte hineingelegt. Frieren musste er also nicht.

Mit dem Mut von mehreren Schoppen trat Rottmann mit dem rechten Fuß auf den hölzernen Bettrand, nahm Schwung und ließ sich in die Hängematte plumpsen. So hatte er es zumindest geplant. Mochte es daran liegen, dass die Koordinierung der Bewegungsabläufe unter dem Alkoholeinfluss leicht gelitten hatte, oder wollte die Hängematte Rottmann als Schlafgast nicht akzeptieren, jedenfalls entwickelte das Netz ein unerwartetes Eigenleben. Es schwang zur Wand, dann wieder zurück, um sich am Endpunkt des Pendels von innen nach außen zu stülpen.

Das Ergebnis war, dass Erich Rottmann, einen heiseren Schrei ausstoßend, aus luftiger Höhe auf Elvira herunterstürzte und sein ganzes Gewicht der Schlafenden in den Rücken krachte. Derart brutal aus dem Schlaf gerissen, stieß auch Elvira einen spitzen Schrei aus. Sie musste erst einmal realisieren, dass Erichs Körperfülle sie mehr oder weniger unter sich begraben hatte.

„Elvira … Elvira … entschuldige … bitte", stammelte Erich, „aber die Hängematte …"

„Erich, ich wusste schon immer, dass du ein ganz Wilder bist", gab sie ächzend zurück. „Du könntest aber trotzdem erst mal von mir heruntersteigen. Zumindest für einen Moment …"

Erich Rottmann beeilte sich hektisch, ihren Wünschen nachzukommen. Elvira versuchte sich umzudrehen. Dabei stieß sie unvermittelt einen heftigen Schmerzensschrei aus.

„Um Gottes willen, was ist denn?" Rottmann stand völlig verstört neben dem Bett.

„Ich fürchte, Erich", stöhnte sie, „dein wilder Sprung von der Hängematte hat bei mir einen Wirbel verschoben. Jedenfalls kann ich mich kaum bewegen. Erich, in unserem Alter sollte man solche sportlichen Praktiken wirklich unterlassen."

Erich Rottmann war sehr betroffen. „Entschuldige bitte, Elvira, das war wirklich keine Absicht. Morgen früh rufe ich gleich einen Arzt."

„Sicher", stöhnte Elvira. „Aber eins sage ich dir, in diese Hängematte steigst du nicht mehr. Deine ungestümen Annäherungsversuche sind mir einfach zu gefährlich!" Selbst in dieser schmerzhaften Lage verlor Elvira Stark ihren Humor nicht. „Los, komm schon ins Bett. Aber benimm dich!"

Erich Rottmann brummte etwas Unverständliches in seinen Bart, dann legte er sich vorsichtig neben sie. Bevor er einschlief, bemerkte er erstaunt, dass das Klirren der Ketten vollständig verstummt war.

Elvira machte bis zum Morgen kaum ein Auge zu. Ihre erste Nacht mit Rottmann in diesem Haus hatte sie sich auch etwas anders vorgestellt. Es war wie verhext! Wenigstens hatte er ein melodisches Schnarchen.

Öchsle war bei dem Lärm natürlich aus dem Schlaf hochgeschreckt. Der Rüde konnte gar nicht verstehen, warum die Menschen um das Zubettgehen immer ein solches Theater veranstalteten. War doch ganz einfach: einmal links herum drehen, einmal rechts herum und dann so zusammenrollen, dass die Schnauze gemütlich unter dem Schwanzansatz verschwand. Die hier entstehenden Düfte waren einfach überwältigend und man schlief wie von selbst.

* * *

Noch mehr vom Schoppenfetzer

Band 1 **Der *Schoppenfetzer* und die Silvanerleiche**
159 Seiten · Broschur · ISBN 978-3-9808253-2-0

Band 2 **Der *Schoppenfetzer* und der Tod des Nachtwächters**
167 Seiten · Broschur · ISBN 978-3-9808253-4-4

Band 3 **Der *Schoppenfetzer* und das Rotweingrab**
156 Seiten · Broschur · ISBN 978-3-9808253-6-8

Band 4 **Der *Schoppenfetzer* und das Riesling-Attentat**
159 Seiten · Broschur · ISBN 978-3-9808253-8-2

Band 5 **Der *Schoppenfetzer* und der Henkerswein**
157 Seiten · Broschur · ISBN 978-3-939103-03-5

Band 6 **Der *Schoppenfetzer* und der Messweinfluch**
165 Seiten · Broschur · ISBN 978-3-939103-09-7

Band 7 **Der *Schoppenfetzer* und die Weindorftoten**
159 Seiten · Broschur · ISBN 978-3-939103-15-8

Band 8 **Der *Schoppenfetzer* und die Bacchus-Verschwörung**
157 Seiten · Broschur · ISBN 978-3-939103-22-6

Band 9 **Der *Schoppenfetzer* und die Rache des Winzers**
157 Seiten · Broschur · ISBN 978-3-939103-25-7

Band 10 **Der *Schoppenfetzer* und die Satansrebe**
187 Seiten · Broschur · ISBN 978-3-939103-34-9

Band 11 **Der *Schoppenfetzer* und die blutrote Domina**
175 Seiten · Broschur · ISBN 978-3-939103-39-4

Band 12 **Der *Schoppenfetzer* und der tödliche Rausch**
192 Seiten · Broschur · ISBN 978-3-939103-46-2

eBooks Die Schoppenfetzer-Krimis sind auch als eBooks erhältlich. **www.der-schoppenfetzer.de/ebooks**

Günter Huth
Der *Schoppenfetzer* und das dunkle Geheimnis

Gestaltet von Peter Hellmund
Gedruckt und gebunden von CPI – Clausen & Bosse in Leck
Lektoriert von Monika Thaller

Erste Auflage 2014
ISBN 978-3-939103-54-7

www.buchverlag.hellmund.de
www.der-schoppenfetzer.de